苓菁作品

笭菁作品

異遊鬼簿
乾婁屍
笭菁
著
笭菁作品34

目錄

CONTENTS

異遊鬼簿：乾嬰屍

楔子

2008.02.07　Thu.

我真不知道那種人為什麼能存在？明明就下賤、卑鄙、奸詐、心機超重，什麼事都不做，卻可以平步青雲！每一次的案子他一件事都沒做，但是卻受到讚賞？每天都是我在加班，我是白痴嗎？

老闆的眼睛都瞎了，永遠只會器重愛拍馬屁的人、只喜歡聽阿諛奉承的好聽話，忽視那些苦幹實幹的員工！

卑鄙小人處處都有，他們的成功是靠踩著別人的頭頂往上爬的，我不齒這些人，事實上他們卻都會成為我的主管、我的上司，我能怎麼辦？大家都說，這就是職場、這就是人類的社會型態，我不踩別人，就等著被別人踩……

我照一些知名作家的勵志書去思考，期待他們有一天會踩到光頭，就此滑了下來，但是我發現……那些勵志書，根本都是屁話！

我就陷在這個職場裡，看著那些人一直往上爬，我這種安守本分的人永遠就是被吃定，工作量越來越大，卻沒有加薪機會，升遷管道也不會有我，還得定時受到那些人的冷言羞辱！

所以我把勵志書都帶來這兒，燒了，我想燒給神明看看，看這些內容有多荒唐！荒唐到我只要在這裡誠心祈願，花筆小錢，我就能得到一個助手幫我，回去換我踩著別人的頭頂往上爬！

我會成功的！我這麼相信！

等到那一天，我定會不遠千里而回，感謝神蹟。

第一章・新官上任

盛夏，氣溫三十七點八度，室內溫度……二十七度，涼爽。

「小茜！妳的上色好了沒啊！」彤大姐拉開嗓門，在那兒大喊著。「下午副總就要看了！」

「啊？這麼快？可是我、我手邊還有好幾個案子要做啊！」小茜的聲音聽起來很可憐，慌慌張張的。

「小茜，拜託妳，副總要看的當然要先做，妳是白痴嗎？」小周抓到機會就喜歡損人，「什麼叫緊急、什麼叫置後，都工作多久了還搞不清楚？」

「你少說兩句好不好？」彤大姐沒好氣的唸了小周，「嘴賤！」

小茜可憐兮兮的嘟起嘴，每個人都說很急、每個人都把主管搬出來，她要怎麼分辨誰先誰後啊？

「妳別急，先把副總那份打個草稿就好了。」彤大姐好心的幫小茜解圍，就怕她一慌又要哭了。

辦公室的門被推開，組長拿著一疊紙走了進來。

「王小二，你這構圖不錯喔，上面很喜歡呢！」組長讚賞同是美編的王小二。

「繼續加油，說不定下次讓你做大的！」

「謝謝組長！」王小二樂不可支，滿足的笑著。

「小茜！妳這不行！」組長瞬間換了臉孔，把手上那疊紙往她桌上扔。「排版亂排，顏色也不好，讀者會搞不清楚主標跟副標，亂七八糟！重做！我下午就要！」

小茜咬著唇，忿忿瞪著桌上散亂的紙張。

「那個組長啊，下午副總要看的企劃擺前面好不好？讓小茜先把那份完工，我好對副總交代！」彤大姐立刻幫忙說話。

「副總那一份還沒好？妳是在幹什麼？我請妳來這邊混水摸魚的嗎？」組長疾言厲色，不留情的直接罵了小茜。

吵，真的很吵。

「我覺得……」我轉著筆，在這陣嘈雜聲中突兀出聲。「我們應該再多請一個美編。」

彤大姐立刻倒抽一口氣，用眼神示意我不要再說話；她身邊的王小二則是一臉驚恐的模樣，好像等一下會發生什麼事；左手邊的小茜小拳頭用力握了一下，彷彿在贊同我說的話。

她當然會贊同，因為這是間雜誌社，我們這組負責生活與演藝圈，編制卻只有七個人內含兩個美編，再怎樣人手都不夠好嗎？

只是呢，這個世界很有趣，真正需要的人不敢講，他們會抱怨、會怒吼，但絕對不會在當事者面前，也鮮少有人懂得爭取自己的權益。

只會一心期待著有路見不平的人，能為自己出口氣。

她成功了！因為她慢條斯理的動作，讓坐在她隔壁的我，每天飽受噪音干擾，我絕對不是那種正義大俠，我只是喜歡安靜的職場環境。

所以我說了，請組長再多徵一兩個美編，這樣小茜就不必趕案子了。

「請人？妳以為公司錢多嗎？」組長說話向來很不留情面，但是我無所謂，傷不到我。「現在沒飯吃的人有多少，妳能坐在這裡已經不錯了。」

「妳說的跟我都沒有關係，我說的是公司缺少美編人手。」每次講到重點，主管都很喜歡轉移話題。「我們跨兩大類型，美編只有兩個，有些不合情理。」

哇靠！我看見彤大姐的嘴型，一臉我不要命的樣子。

組長很不滿我的回話，主管都喜歡聽乖巧柔順的應答，可惜我說的是實話，或者只要他們還我一個安靜的空間，我會考慮閉嘴。

「安蔚甯，妳做好自己的工作就好，美編的事礙到妳了嗎？」組長嫌惡的白了我一眼，「妳連自己的位子都岌岌可危了，還有心思管別人。」

「嗯。」我聳了聳肩，「開除我前記得把遣散費準備好，我無所謂。」

組長登時拍了桌子，但彤大姐更快，飛也似的飆到我身邊——「啊，妳中午要吃什麼？我跟妳說，我發現兩條街口外有家很特別的餐廳！」

「是、是啊！我去吃過，很正點，而且不貴！」反應快的小周也立刻答腔，跟著連米粒都走了過來，直接站在我辦公桌邊，擋住組長的視線。

他皺著眉，用很無奈的眼神看著我，彷彿在說：妳沒事是在惹什麼事？

小茜一個字都沒說，這種人現在的心情通常是三分之一感謝有人幫她說話、三分之一怨懟我沒成功、三分之一恨死組長了。

組長那頭聲音超大，咚咚咚的收拾文件，盛怒般的走了出去。

「蔚甯……」小茜一臉歉意的看著我，「真抱歉，害妳……被罵了。」

「我只是覺得你們很吵，每天催東催西，在我耳邊大吼大叫。」我搖了搖頭，「我是負責寫文案，我需要安靜，才能寫出好東西。」

「哎呀，對不起啊，我天生嗓門大嘛！」彤大姐咯咯笑著，連笑聲都很誇張。

「妳小聲點啦，妳是不怕組長聽見又跑進來喔！」王小二一臉膽小怕事的模樣，不停往門外看，所以他才會叫王小二。

膽小怕事的人非常多，但相由心生到這麼徹底的人很少！王小二是個身高只有一百六十的男生，總是一臉怯生生的，遇到任何不公平的事全數默默接受，還會巴結恨得牙癢癢的上司，俗辣中的俗辣，是職場中非常標準的人物。

彤大姐就是那種隨時會翻桌的人，正氣罩身，完全是大姐頭一枚，所以叫大姐跟年紀無關；她人長得非常豔麗，白皙的皮膚，超大的雙眼皮明眸，一頭大波浪紅捲髮加上身材曼妙；她也很懂得突顯自己的特色，每天總是會穿著緊身的套裝或是洋裝，上點淡妝，刷個睫毛膏，就是本公司最有名的正妹一枚。

不過她個性很烈、大剌剌的，跟組長吵架是家常便飯，人總是挑柿子軟的吃，彤大姐這種個性，根本是石柿子一顆，再怎麼兇悍，組長最後都選擇不惹她為妙。

而軟柿子非小茜莫屬了，她跟王小二的忍氣吞聲是一樣的，不一樣的是，她會有怨氣，只是敢怒不敢言，這種人更多，多到我懶得數，她會在吃飯時抱怨、會在朋友圈裡把組長罵得狗血淋頭，但是面對組長時呢？唉，一樣是俗辣一員。

至於站在我身前的米粒……他其實有一百八十二公分，兼任模特兒，所以這個綽號完全是他名字的諧音，莫一立，彤大姐說難唸，就叫他米粒了。

我們兩個都是文案編輯，我負責採訪生活大小事、他負責演藝圈的新聞，在辦公室裡時常一起工作，也的確比較熟悉，我想這是因為他是個跟我一樣低調的人。

低調，是我的最佳形容詞，我在公司不特別突出、也不特別怯懦，就是那種你會記得公司有這個人，但說不太出來這人特色的那類人。

我不是刻意如此，是性格使然。

我對什麼事都不會有強烈的感覺，米粒說過，我好像天生缺乏極端的感情，不管是喜怒哀樂、甚至是痛楚，都只會有所感，但到不了極致。

所以我不會欣喜若狂，我只會微笑；我不會怒不可遏，我通常只會些許不悅，然後就算了；我不會悲傷到心痛如絞，事實上就連我爸媽飛機失事，我到現場時，也只滑下幾滴淚水，我難過，但我不會哭天搶地，因為那已是既定事實，我滿腦子想的只是該怎麼領回爸媽的全屍，如何讓他們安息。

我不會手舞足蹈，不會因為某篇文章通過而樂得大喊，也不會因這期雜誌銷量爆增而跟隔壁的小茜擊掌慶賀；因為我在生活、我在工作，這些都只是曇花一現的過程，我無法釋出任何情感在這些過程上頭。

米粒說我太過漠然，我聳聳肩，這樣的我還是能過得好好的，不是嗎？

彤大姐帶著我們去所謂的新餐廳吃飯，一路上對她跟米粒側目的人一樣很多。我走在米粒身邊，因為這樣的注視而很不自在。

我希望自己像空氣般，不希望被任何人注意。

「好煩喔，最近一點都不想來公司！」彤大姐托著腮，戳著手上的飯。「你說我們出去玩好不好？」

「玩？工作多到要爆炸了，還玩！」小周第一個投反對票，「組長又跟經理要了三個案子進來做，我們又準備要加班啦……」

「所以才要去玩啊！」彤大姐捲著髮梢，「我們集體請假，讓組長吃吃癟！」

「可能回來就沒工作了。」米粒很切實際，「但我沒關係，我的確也想出去走走。」

「我也無所謂。」我是想換個工作，這似乎是不錯的方式之一。

「耶！真好！」彤大姐一臉期待的轉向小茜，「小茜、王小二，你們呢？」

「妳別拉小茜一起使亂，小茜會跟我一起留下來！」王小二立刻找援兵，「小茜，我們一不小心就會被辭掉耶，說不定玩個三天兩夜回來，大家都被資遣了！」

小茜眨了眨眼，很猶豫的皺起眉頭，她一個字都沒說，只是一直吃麵；彤大姐也懶得逼她，事實上我知道她對於動作慢慢吞吞的人很有意見，不過出國旅遊並不算小事，所以她願意讓小茜多思考一下。

然後她很雀躍的開始想地點，我看得出王小二很心動，但為保工作，他不會輕易點頭。

這家餐廳的確不差，我們吃飽後走到下一條巷子買飲料，中午有一個小時的休息時間，這對我們而言綽綽有餘。

這時話題已經回到批判組長，我跟米粒充耳不聞，他才進公司沒多久，我呢……只覺得莞爾，當初組長也是美編的一員呢，跟彤大姐他們是多年的同事了，想不到人一升官，一切都變了。

的確，都變了……

「哇呀——」遠處傳來驚人的尖叫聲，然後是煞車聲，最後是金屬碰撞的巨大撞擊聲。

此時，我們都買好飲料了，聽見聲響，彤大姐率先衝出巷子，接著是米粒，他喃喃說了聲車禍，就往巷子口跑，再來掠過我的是王小二，小茜的飲料還沒好，但也著急的往巷口看。

我不疾不徐的走了出去，外頭果然聚滿了人，馬路上亂成一團，有台車子正冒著煙，車前蓋凹了，但駕駛沒有什麼大礙的樣子。

結果這不全然是個車禍，肇事原因是這棟大樓的窗戶清潔架，從三十樓摔了下來；架子掉到了人行道跟馬路上，砸爛了一台小客車的車前頭，還有……

「有人！天哪！有人被壓在下面！」終於出現了驚恐的聲音。

我在後面，並不想圍上去觀看，小茜拿了飲料由後跑過去，個子矮小的她，根本看不到，最後只好乖乖的待在我身邊，一臉好奇的往遠處張望。

直到……我們聽見了彤大姐的尖叫聲。

「哇呀——是組長！天哪！是組長！」她聲如洪鐘，連在遠方的我們都聽得見。

「米粒！快過來，你搬得動這個架子嗎？！」

唉，天有不測風雲，人有旦夕禍福。

我默然的喝著我的綠茶，轉過去看一下身邊的小茜，她該慶幸沒看到那可怕的一幕。

然後，我似乎看見，小茜笑了。

※　※　※

人的命運真的很難說，有人買一瓶羊奶就中了發票頭獎，有人一時興起在路邊買了張彩券，幾億元就從天而降；也有人走在騎樓下好好的，卻被酒醉駕車的人失控撞上而喪生。

也有人只是中午出來買個午餐，就被由高空墜落的玻璃清潔架活活砸死。

我們這一組的組長，就是這樣一個實際的例子，米粒事後跟我說，彤大姐要他搬動架子將組長救出，但他走近一瞧，發現組長的頭已經被壓成一顆爛西瓜，就算搬離，也不可能活得成。

所以他們選擇等救護車來，讓專業人員處理這一樁意外。

辦公室裡瀰漫著八卦氣息，我還在為我的採訪稿努力，彤大姐平常跟組長常常吵架，但她一整個下午都在掉淚；王小二整個人失魂落魄，還拿出以前的合照緬懷死者。

這也沒辦法，當年組長也是這組的一員，她是個其貌不揚但很努力往上爬的女生，逢年過節的送禮、巴結奉承一樣都沒少，最強的應該是做表面功夫，常有技巧的讓主管認為許多點子是她的想法、或是她獨力完成的。

她玩陰的時候，彤大姐他們沒有注意到，大家還是一起奮鬥的團隊；被發現後，同事間有了嫌隙，漸行漸遠……不過那時的組長已經不在乎這些了，上司的器重讓她如魚得水，沒多久就升了官。

組長過去是這小組裡年資最淺的，靠著手腕跟奉承的能力扶搖直上，變成升官的人選；最資深的王小二不敢吭聲，他本來就是軟弱型的男人，只要把自己份內工作做完就好，沒有什麼競爭力。

第二資深的是小茜，同為美編，她多少功勞被搶走，卻也只能忿忿瞪著組長，聽說幾次爭吵，她敵不過組長的氣焰，反而被嗆得落荒而逃；至於彤大姐，她個性比較大剌剌，很多事不礙到她就行了，升不升官在其次，她比較重視額外的津貼。

我是去年才進來的，米粒晚我一個月，我們對過去的一切不熟，但總是被籠罩在火藥味之中。

只是有趣的是，平常這劍拔弩張的氣氛，在組長一往生後，氣氛不變，反而多了濃濃的哀傷味。

我跟組長不熟，她就只是個小組長，我的文案通常由總編輯審理，所以她只負責初步把關工作，影響不大；我想我頂多只是感嘆人的命運與她的早逝，葬禮時我會到，頂多拈個香，至於那種流淚與痛哭流涕的事……對我而言太過矯情。

仔細想想，我連組長今年幾歲、今天穿什麼顏色的衣服都不知道，她不是個會讓我的大腦去進行記憶的人，我怎麼可能為她掉淚？

我也不想附和這股哀傷，到茶水間去倒水時，連別的部門都在哽咽，明明就不熟，我只能莞爾，這也算得上是職場文化之一吧？不跟著感受某件事，別人會說你不合群。

「安蔚甯！」米粒突然在走廊上叫了我，頭一撇，明顯在暗示些什麼。

我微笑，他菸癮犯了，而且說不定也受不了裡面那氣氛。「我沒帶菸啊！」

「我有。」米粒揮著手，他俊美的外型總是公司女生矚目的焦點。

我問過他為什麼會跑來當採訪助理，依照他的外型，想在演藝圈內大紅大紫並不困難，而且模特兒的薪水就比做這行好多了。

他是個很務實的人，他說模特兒這工作競爭力高又不持久，而且如果行有餘力，為什麼不能兩者兼顧，還順便找個備胎？

所以他來這裡當採訪助理，偶爾兼職當模特兒，老闆不會有意見，因為社內要是需要男模，米粒可是免費提供身體。

我們走安全梯下去，順便當作運動，也不過十七樓，上上下下的鍛鍊是OK的。只是才一開門，米粒忽然示意我噤聲，然後躡手躡腳的關上門，比了比上方；我狐疑的跟著他的指示往樓上看去，我沒瞧見什麼，但是卻聽見了聲音。

「呵呵……好棒喔！你真棒！不愧是我的乖孩子！」是個女生的聲音，但聲音很尖很細，而且有些詭異。「媽媽跟你說對不起喔，媽媽本來以為你沒用的，想不到今天奏效了，你該不會是要給媽媽一個驚喜吧？」

我望向米粒，這是怎樣？有人抱小孩來這兒聊天嗎？

「放心好了！你表現這麼好，媽媽一定會買新家給你！買一個更大更漂亮的好不好？」女生咯咯笑了起來，那笑聲讓人覺得非常不舒服。「嗯？什麼？有人？」

電光石火間，米粒突然一把握住我的手，門一推，將我推進了辦公室樓層裡。

「喂！」我嚇了一跳，整個人踉蹌不止。

「快走。」他神色嚴肅，拉著我直直往電梯去，按了下樓鈕。「轉過來，別看逃生門。」

我聞言照做，只是滿腦子疑問。

一直到下樓，我們乖乖的依從法令到樓下空曠處抽菸，站在辦公大樓外，看見圍起來的黃色封鎖線，有人員正在清洗一地的血與腦漿。

「妳沒看見嗎？」他突然問了。

「看見什麼？你叫我不要盯著逃生門看的。」

「我說樓上，樓上黑壓壓的，有股不舒服的氣。」他吐了一圈煙霧，若有所思。

「沒有。我只聽見有個媽媽在跟孩子說話。」我聳肩，也吸了口菸。

「是嗎？」他視線落回我身上，來回梭巡了一遍。「我以為妳看得見的。」

看得見？我起初有些疑惑，但是旋即咀嚼他話裡的意思，還有對樓上的形容詞，登時想到他指的是什麼！

「你看得見？」我的態度很平和，沒有驚訝也沒有畏懼。

「偶爾，通常是第六感比較敏銳一點而已。」他把菸屁股捻熄，「妳那麼寡言，我以為妳看得見咧！」

「這是什麼邏輯？我不愛說話就代表我看得見？」我失笑，也捻熄了菸。

「不單指不愛說話，還有整個人的感覺……低調，沒有情緒起伏。」米粒雙手插在褲袋裡，挺拔的往辦公大樓走去。「情緒的波動會影響感覺，所以我一直以為妳在辦公室裡的低調，是因為妳在避免跟那些東西打交道。」

「噢，很遺憾，不是。」我倒是聽出了弦外之音，「聽你這麼說，辦公室裡有嘍？」

米粒斜睨了我一眼，挑高了眉，彷彿在說：「妳說呢？」

「真有趣。」想像我在打字的時候，有無數隻我看不見的眼睛正盯著我瞧，說不定他們還會擋到螢幕呢！

「妳不怕？」他按著電梯門讓我先行進入，泛出饒富興味的笑。

「怕什麼？我不犯他們，他們不犯我，我們只不過是兩種不同的物種或是生命體。」我聳了聳肩，是真的不在乎。「我們存在於同一個空間裡，理應相互尊重。」

「呵……哈哈哈！」米粒的笑聲在電梯裡迴盪，他的笑聲低沉，但是看久了會讓我覺得有點機車。

「喂！我是認真的。」我沒好氣的再次說明。

「我相信，因為妳缺乏極端的情緒。」米粒說得很直接，但是我卻不覺得那是取笑或是嘲弄。

因為我就是這樣的人，我想如果我真的看到一個樣貌可怕的鬼魂，我會害怕，但尖叫不起來，而且那份害怕只會停留在中等階段，永遠無法突破我的神經。

我們快步的往自個兒部門走去，那兒響起一片掌聲，我跟米粒面面相覷，怎麼才幾分鐘光景，氣氛又變了。

推門而入，經理站在裡頭，身邊站著小茜。

「啊，你們兩個，跑哪兒去鬼混了？」經理皺眉，米粒對他比了抽菸的姿勢，他立刻了然於胸。「好好，快點過來，我剛任命了你們的新組長。」

速度真快，套句電視劇的台詞來說：前組長還屍骨未寒……

「我知道今天的事帶給大家很大的打擊，我們也非常不願意發生這種事，相關的法律責任就交給警方去調查……但是截稿在即，你們不能沒有領導者，我相信這也是佩瑜不願意看見的。」黃佩瑜，是已故組長的名字。「所以我想了想，必須臨危授命，讓比佩瑜更具美編經驗的小茜，擔任你們的新組長。」

我快速的掃了一下組員的臉色，彤大姐有點訝異，但微笑還是掛在嘴邊；王小二難掩落寞，他可能本來以為會是他；小周露出一臉不屑；至於小茜，她一如往常的平靜，眼眸低垂，站在經理身邊。

「應該沒問題了吧！那快點工作，不然會來不及印刷！」經理拍了拍小茜的肩，

「妳辛苦點，打起精神來。」

經理走了出去，小茜突然追了上去，拉住經理在門外說話。

「居然是小茜耶……」彤大姐突然若有所思的開口，「不過也不錯啦，組長這位子她來坐是比較適合。」

「妳不難過喔？我以為經理會選妳說。」小周淡淡的說，這招挑撥離間每天都在職場上演，有意無意的說幾句挑撥的話，說者有心，聽者更有意。

「我也是這麼認為，可是我不適合啦，我也不想做！」彤大姐語出驚人，「我呢，只要小茜可以對我鬆一點，給我多一點時間休息，還有下午茶的點心要美味一點就好了。」

王小二一直沒說話，他回到座位上，一臉沮喪的看著自己的電腦。

我原本想等小茜回來，至少說聲恭喜，但她一直沒進來，所以我決定先把我的採訪稿寫完。

只是，在我要從米粒位子上回去時，我卻覺得有些怪怪的。

「那個……」我壓低了聲音，「米粒！你看一下我位子那裡，是不是……咳！」

我皺起眉頭，說不上來那種奇怪的感覺，可是就覺得我位子那兒霧濛濛的，還是我隱形眼鏡太乾了，讓我看不太清楚。

「妳到我這裡來坐，我隔壁是空著的。」他也低聲說著，「把隨身碟拔過來。」

「那是什麼？我眼花嗎？」我望著他的臉龐，瞬間想到他的「敏銳度」。「那該不會……」

「連妳都看得見了……」他喃喃自語著，盯著我的……不，是小茜的位子瞧。

那是很詭異的霧氣，像扭曲了空氣般的空間，灰濛濛的籠罩著小茜的位子周圍，也連帶擴散到我的位子來；我從容的走了過去，進行存檔動作後，再把隨身碟拔掉。

『哇……嘻嘻……』

然後，我彷彿聽見小孩子的笑聲，從小茜的位子傳了過來。

我沒有那種好奇心，只是握著隨身碟，回到了米粒的位子邊；他托著腮盯著小茜的位子瞧，一句話也沒說。

「各位！好消息！」門突然被推開，奔進一臉興奮愉悅的小茜。

她站在走道上，眉開眼笑的，我才想起來，自從中午的慘案發生後，她一直是這個樣子。

「小茜，恭喜了！」彤大姐站起身，率先大方的恭喜她。「以後妳可要好好的對待我們！」

「謝謝！」小茜甜甜的笑著，「我剛剛幫各位爭取到出國的假期了！」

「咦？」

「去年的員工旅遊不是因為發生洗錢案而沒有順利成行嗎？經理說，只要這期雜誌能多賣個兩萬本，就用那筆經費讓我們出國玩！」

「真的假的！」彤大姐喜出望外的喊了聲「YES」，突然幹勁十足！

「小茜！妳真厲害！」連小周都開心的笑了起來，「那我們要去哪兒？中午討論了些什麼地方……哇靠，超爽的！」

討論聲四起，我跟米粒向來沒有太多意見，而且天曉得米粒會不會利用那時間去拍雜誌。

「我已經選好地點了。」小茜突然柔柔的，宣布了她早已下的決定。

所有人靜下來，不約而同瞧向她。

「我們去泰國吧！」她揚起笑容，那是種欣喜、期待，與滿足的笑容。

就跟今天中午，看見組長被壓得血肉模糊時的笑臉，一模一樣。

第二章・四面佛

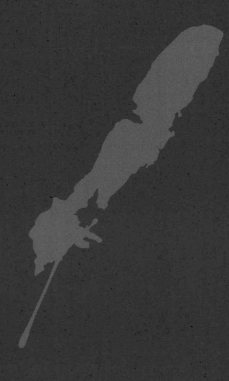

九月底來到泰國，簡直是熱死人般的難耐！

我們一出機場就感受到那份黏膩的溽暑，真不愧是東南亞國家，這緯度給了他們一年四季的好天氣，不過冷氣卻沒想像中的普及，熱得有些驚人。

「我都沒有動，但還是流汗了。」我望著滲出汗珠的手臂，嘖嘖稱奇。

「歡迎來到泰國。」米粒一臉悠哉的模樣，他說他來這裡出外景很多次，而且是泳裝模特兒！

我們是半自助行程，公司負擔機加酒的部分，其他行程我們自己安排；說穿了也沒有什麼行程，通常是各自逛各自的，四天三夜，也算綽綽有餘。

就只有我們這個部門出來，因為公司不能空轉，所以由其他同質部門頂我們的缺，而且我們是生活部門，都是些民生食衣住行的相關資訊，比較沒有政經部門那麼戰戰兢兢。

難得出國旅遊，當然是全員到齊，整個部門六個人，算是很恰當的人數；出了機場有專車來接，我們參加的是蘭花假期的住宿，所以泰國政府很貼心的安排了中文導遊跟車子，載我們往返機場。

車子是小型巴士，前後兩排剛好可以坐六個人，小茜、我跟米粒坐前頭，彤大姐他們坐在後排。

「你竟然會來。」我忍不住問米粒，「我以為模特兒會被下禁黑令。」

「我是男模，又不是女模！男生是越健康的膚色越受歡迎。」他笑得爽朗，「而且難得有假期，我幹嘛不放？」

「米粒，你不是來泰國很多次了嗎？」小茜好奇的越過我，「我也以為你不會來呢！」

「我之前來是工作，又沒時間到處晃，通常一收工就得趕飛機回台灣，那不叫休假！」米粒戴起墨鏡，一整個帥呆了。「我這次打算來當四天的廢人！」

後頭贊同聲連連，大家都想當廢人很久了。

從繁忙的日子到休閒度假，對我而言差距沒有太大，不過能體驗南國風光是好事，事實上我不打算跟著大家走，我想要帶著相機，一個人四處晃蕩，記錄南國旅遊日誌。

到了旅館後，導遊幫大家 check in，小茜則開始分配房間，她非常有組長的架勢，但不至於讓人反感，所以她當組長後，大家相處還算融洽。

「我們有三男三女，房間怎麼分啊？」彤大姐瞥了一眼，「我先說好，我不跟男生睡喔！」

「我無所謂。」米粒竟然說得稀鬆平常，「我也是走伸展台的模特兒，女人裸體看到沒感覺了。」

「厚！這是存心讓我們嫉妒死嗎？」小周一臉豔羨的樣子，勾著王小二的頸子。「你說對吧？我也希望可以看女人的裸體看到膩！」

王小二笑得很勉強，自前任組長去世後，他一直都是那個樣子。

「放心好了，我們總共訂了兩間雙人房，兩間單人房。」小茜旋即劃上笑容，「女生這邊我想住單人房，彤大姐跟安睡一間；男生呢，你們自己去喬。」

小茜是組長，她先選也沒人有意見，事實上只要不跟小茜睡，要我跟小周睡同一間我都願意。

大家都覺得小茜是個好組長，很好相處……但只有我跟米粒，覺得小茜的開朗過了頭！至少，當面對同事的死亡時，我的確無法矯情的哭泣，但也不可能笑出來。

男生沒有想像的阿莎力，王小二跟小周兩個人爭執半天，兩個人都要搶住單人房，米粒當然是一副要他睡地板都無所謂的樣子，最後彤大姐不耐煩的在大廳低吼，由她直接指定，讓米粒睡單人房，愛計較的滾一間去！

小周迷戀彤大姐，她說什麼都是聖旨，其實整間公司喜歡彤大姐的男同事非常多，只是很奇怪，即使近水樓台如小周及王小二，卻沒人得到青睞。

米粒的情況也一樣，只是敢追他的女同事不多，因為米粒另一份工作觸目所及皆美女，不夠有自信的不敢毛遂自薦。

各自拿了房卡後，我們便搭電梯上去，大家都住在同一層樓，雙人房的比鄰而居，單人房的在走廊另一頭，也是相鄰著；我們住的旅館並沒有很好，公司經費有限嘛，不可能讓我們入住五星級飯店——即使我們雜誌每週銷量高達十幾萬本。

我們住在水門市場裡，這兒是曼谷的批貨地，猶如台灣的五分埔，人潮眾多而且擁擠，就像是我們的菜市場一樣；飯店座落在市場中，有些年代，大廳還算寬敞，不過由裡頭的裝潢看來，就知道這棟樓有點年紀了。

每間房間卻意外的寬敞，進去一看竟然有比房間還大的客廳，沙發、茶几一應俱全，旁邊還有廚房、流理台，甚至還有餐桌，完全是家庭式度假的風格；只是廚房全數被封起，水龍頭不能用，瓦斯爐也撤走，只剩下上頭的櫃子裡可以擺東西。

「哇！還有櫃子耶！」彤大姐走到客廳旁邊看，「這簡直像個家！」

她一一打開嵌在牆裡的白色矮櫃瞧，果然有非常多的置物空間；矮櫃邊就是房門，房間只有外頭的三分之二大，兩張單人床，衣櫃、梳妝台，然後就是鏡子。

「好浪費空間喔，客廳還可以再弄成一間房。」彤大姐把行李扔在客廳地板上，「不過要重新裝潢大概很貴吧？」

我檢查了水龍頭熱水，確定一切無誤後，便把易皺的衣服先吊起來；從房間窗戶望出去，除了曼谷街景外，實在沒什麼風景，即便是客廳那兒的陽台……是的，還有可曬衣的陽台，那兒看出去也只有灰色的高樓大廈。

彤大姐把保養跟化妝用品都擺好後，就開始擦防曬，她的穿著完全展露曼妙的身材，細肩帶的低胸背心搭上白色小熱褲，身高一百七十公分的她，就算穿著平底涼鞋也沒人會覺得她矮小。

「安，妳不擦防曬啊？」她喚著我，「會曬傷的。」

「我出門前擦過了。」

「拜託，都幾小時了，防曬要補的！」彤大姐直接把我拽進房裡，開始為我擦防曬乳液。「等一下要在太陽下、在外頭晃，不管會不會曬黑，要是曬傷了妳就準備痛四天喔！」

「謝謝！」我微微一笑，彤大姐是個很熱心的人。「我們等一下要去哪裡？我想隨便去晃一下。」

「小茜說要帶我們逛一逛，先參觀最有名的四面佛，聽說就在附近而已。」

「小茜有排行程嗎？」我有點訝異，為什麼之前沒聽說。

彤大姐的手突然停了下來，她把防曬乳遞給我，叫我把腳塗滿，然後到外頭去打開行李箱，換了輕便的包包。

「妳有沒有覺得小茜變得怪怪的？」彤大姐倚在房門口，突然很認真的看著我。

「我也說不上來，她看起來好像沒變、但是又有變……唉，我在說什麼啊！」

「她的個性變開朗了。」就我所觀察的，「不再怕事、勇往直前，做事變得果斷俐落。」

「對對對！其實是變好了、變積極了！不過……」彤大姐嘟起了嘴，「我就是覺得不順眼。」

「不順眼？妳用的詞很好笑。」我擦完防曬乳液跟她道了謝，把瓶子放在桌上。

「因為我開始覺得我變膽小了！」彤大姐突然說出我無法理解的話，「我以前敢做的事現在不敢了，我會猶豫，而且我變得……沒辦法像以前一樣暢所欲言！」

我看著彤大姐，她的表情很困惑也很難受，這讓我仔細去回想這一個月，彤大姐有什麼異樣嗎……大家相處融洽，她也沒跟小茜起過爭執，即使小茜對她的東西有意見，她也難得好聲好氣的點頭說她會修改……好聲好氣……

這四個字，再怎樣都很難套用在彤大姐身上。

那不是很大的轉變，而是循序漸進的，大家都認為是因為彤大姐跟小茜以前感情就不錯，事實上除了過世的黃佩瑜外，大家都相處得很好，所以也就不會去思考其他。

「照妳這麼說，連王小二都有問題。」我很快的聯想一切，「他變得更加陰沉了，以前只是懦弱，但現在是連笑都笑不出來。」

「妳不知道他最近做出什麼東西嗎？我看過幾個草稿，超爛的！」彤大姐蹙起了眉，「他每天加班畫設計稿，他說他怎麼畫都畫不出來。」

「那小周呢？」這個人，好像沒有什麼太大變化。

「他除了嘴變得沒那麼賤之外，其他沒什麼變……真可惜！」彤大姐不喜歡小周，因為他的態度很明顯，彷彿在對大家說，彤大姐是他的女人。

可惜不是，彤大姐根本沒甩過他。

「我沒什麼變化……米粒也沒有。」我很認真的思考這個問題，「妳提出這個疑問，是有什麼想法嗎？」

「我只是覺得……」她幽幽的走到床邊，頹然的坐了下來。「佩瑜的死是不是給我們很大的打擊？」

「如果是這樣，那小茜大概是太開心了，才突然變開朗嗎？」這種推論很好笑。

「不是！話不能這樣說啦！」彤大姐有點尷尬，雖然她也認為黃佩瑜的死，小茜會很開心。

「沒有關係，我不介意那個！沒有人是每個人都喜愛的，尤其她跟小茜之間的過節，如果小茜為了她哭得稀里嘩啦，那未免也太假了。」我放鬆的一笑，「佩瑜的死，我沒有任何感覺。」

彤大姐看了我一會兒，重重的嘆口氣。「妳這樣真好，似乎沒什麼事會影響妳。」

我輕勾著嘴角，拎過小包包跟水。「走吧，說不定大家都下去集合了。」

彤大姐錯了，這樣其實一點也不好。

因為我不懂得真正興奮的感覺，我也感受不到痛失至親的痛楚，世界對我而言，都像空氣一樣，無所感也無所覺。

這是身為一個人最大的缺陷。

我曾經為此懊惱過，不過當我發現，芸芸眾生在這個社會中生活，不管身處哪個職場，大部分的人都會因為時間流逝，而慢慢變得跟我一樣。

坐在路邊，看著路上熙來攘往的人群，他們每天做著同樣的事，早上六點半起床，七點出門，到便利商店買早餐，邊走邊吃，趕捷運、趕公車、趕著走路，到了公司也是當一天和尚敲一天鐘，沒有人對人生有太多熱切的盼望，也不會有人對生活有什麼特別的期待。

每個人隨著年歲與社會化的洗禮，變得麻木不仁，跟我一樣。

所以我後來就不再為這種問題煩惱了，因為當彤大姐工作到六十五歲時，或許就會跟我一樣了。

我們下了樓，發現大家都到了，竟然只剩小茜，彤大姐透過櫃檯打到她的房間，但沒有人接；過了好一會兒，她才從電梯下來。

她出來時大家都嚇了一跳，一向乖順溫柔的小女人，竟然會穿上無袖的短裙洋裝，甚至還化了妝，整個人亮麗了許多。

「哇，小茜，妳怎麼變正了！」小周的油腔滑調，永遠不輸人。

「難得出來玩，我要漂漂亮亮的啊！」小茜笑得一臉燦爛，直直朝米粒過來。

「走吧！我帶大家去參觀四面佛！」

「妳知道在哪裡嗎？」小周拿起地圖搜尋著，「四面佛四面佛……」

「我知道啦！」小茜很有自信的說著，「我去過了！」

——咦？

莫名其妙的，有一股強烈的不安，從我心底湧起。

小茜……她之前來過了？

「啊！該不會過年時妳出國吧？」彤大姐幫大家想起來了。

「是啊！我利用過年出國玩了一趟！」小茜眉開眼笑的挨近米粒，他竟然對她淺笑。「這一帶我很熟，大家放心好了。」

「妳上次也是自助嗎？」彤大姐很好奇，她想的跟我一樣，為什麼相同的地方要一年來兩次。「跟誰來的？」

「我一個人來的，這裡自助很OK！」下一秒，她竟大膽的牽起米粒的手。「走了走了！」

哇……小周發出嘖嘖聲，彤大姐當然也是一臉不可思議，然後立刻轉過頭來看我。

「小茜對米粒有意思耶！」她用手肘頂了頂我，「小心被搶走喔！」

「我跟米粒只是同事。」我只好奇小茜哪來的勇氣。

「你們走得很近耶！」小周一臉八卦樣，「少來了，快點說，你們進展到哪兒了？我可以幫妳去跟小茜說！」

「我跟米粒之間沒什麼，別多事。」我望著前方的背影，卻不得不若有所思。

穿著亮白T恤的米粒以及亮黃洋裝的小茜走在一起，在太陽下燦燦發光，照理說應該是極端惹人注目……但是，在我眼裡，我看到的卻是極度閃耀的亮白上衣，還有暗色的土黃色洋裝。

小茜的身後被某種東西籠罩著，一如最近纏繞著她位子不放的空氣。

我不舒服，最近一個月都坐在米粒身邊，因為只要坐到小茜的身邊，我不但會冒冷汗，還會想吐。

我跟米粒的心思一樣，小茜一定出了什麼事，只是我們還不知道而已！

但是米粒說好奇心會殺死一隻貓，我們什麼都不需要管，有時候插手管事萬一撈過了界，不但對小茜沒幫助，自己可能還會惹禍上身；他最常說的是靜觀其變，但當我問他萬一觀察到了什麼該怎麼辦？

他思考了好一會兒，告訴我，他發現我們無能為力。

是啊，我們能做什麼？一個只不過第六感敏銳些，一個感情遲鈍，能做些什麼？我們一行人往外頭的馬路上走著，王小二走在最後面，一臉陰沉的樣子，他真的變得非常奇怪，很少說話，而且變得超級憔悴，彷彿幾天幾夜都沒有睡覺一樣。

小周問了幾次也沒得到結果，他只是說睡不好，不過我怎麼看，都覺得他像是生了病，卻不敢說似的。

走沒十分鐘，我們就在愛侶灣君悅酒店及SOGO百貨旁邊的轉角處看見了！一尊四面佛就立在裡頭，前來朝拜的信徒之多，把那兒的人行道都佔滿了。

「哇……」彤大姐不由得讚嘆的看著，「這就是泰國有名的四面佛嗎？好……好漂亮啊！」

別覺得彤大姐的說法奇怪，因為四面佛真的很美，也跟印象中的大尊佛像不同，祂給人一種更加親民的感覺；神像供奉在高約四公尺、工藝精細的花崗岩神龕內，神龕藍金相疊，美輪美奐！

神像正襟危坐，全身金碧輝煌，四張臉八隻手，各持法器，同一姿態。

「可是我聽說……四面佛不是很邪嗎？」小周壓低了聲音，這兒是佛教國家，他也知道自己不該張狂。

「別道聽塗說！向神明許願，如果願望達成了本來就該還願，沒有人可以白白利用神明的力量。」小茜突然義正詞嚴的教訓起小周來，「其實有時候神明只是小小的懲處一下不還願的信徒，許多人就穿鑿附會，把這獨特的神明說得好像邪神一樣。」

小周摸摸鼻子，無話可說，他也只是問問而已，誰曉得小茜會突然那麼正經。

彤大姐拿起相機猛拍，我也找了幾個角度拍攝，四面佛面面都有臉孔，我想四面都能取到最美的鏡頭。

結果，此時此刻，小茜卻拉住我們，不讓我們往裡頭走。

「不是這裡。」她露出一臉神秘，「我知道的是個真正的四面佛！」

「真正的？」彤大姐很好奇，「四面佛還有分真的和假的喔？」

「當然，這尊只因為祂在大路上，而且做得顯眼又華麗，所以信眾們都會過來，但是有更加靈驗，佛法更高超的。」她旋了個身，帶我們往前走。「跟我來吧！我保證你們會大開眼界的。」

斑馬線上恰巧綠燈，小茜三步併作兩步的往前快步走去，小周也只好迅速的跟著人群走，我回首看著身後的四面佛，這裡讓我感覺很舒服，還有佛法更高超的？

然後我竟看見彤大姐跑進去，看似虔誠的拜了幾拜，然後又衝了出來，催促我們快點跟著往前走。

我並不想，但還是邁開了步伐，對於神佛之事我沒什麼概念，不過真的想一睹「更強四面佛」的廬山真面目，所以也跟著往前行；等到我們都到馬路的另一邊時才發現，米粒不見了。

「米粒呢？」

「他不是走在妳後面嗎？」彤大姐往對面眺望，可惜馬路太寬、人太多，根本看不清楚。

「我沒注意……算了，我們再等一個綠燈，沒看見他，我們就自己走吧。」我當下做了決定，「他是男生，也知道回去的路，不能讓大家等他。」

這是出外旅行要特別注意的事，如果走散了就自行回飯店，大家都是成年人，不需搞那種小手牽小手的事；而且避免因為一人影響到大家，這會耽誤到所有人的行程與心情。

我們實際上等了兩個綠燈，在眾多人潮裡依然沒有看見米粒，而我們手機都沒帶在身上，因為我們不可能在泰國講手機，也不想讓不知情的朋友打過來。

兩個綠燈後，小茜帶領著大家繼續行程，她愉快得讓我覺得不舒服。

走沒兩分鐘，我們彎進小路裡，從熱鬧的小路再轉進狹窄的小巷，我們彎彎繞繞，幾乎讓人分不清楚東南西北，而且不知道是不是錯覺，我覺得天色漸漸變陰了。

抬頭一瞧，我們走在益加狹窄的防火巷中，上頭像是被建築物遮去陽光似的；好不容易走出來，走在寬廣的路上，卻因為兩排綠樹成蔭，又被遮去了更多光線。

王小二開始自言自語，他雙手抱胸的打起哆嗦，連彤大姐都感覺到剛剛的黏熱感頓時消失，風越來越強，強到讓我覺得有點涼意。

最後，我們終於走到了一個路口，路口外頭全是信徒，而且一路有棚架搭設，路的盡頭，有著燃燒的燭光，那兒萬頭攢動，就是四面佛的所在。

小茜的腳步穩定而且輕快，像是迫不及待的要往前走一樣，小周跟彤大姐左顧右盼的跟著她，這四周瀰漫著一股莊嚴肅穆的氣氛，所以沒有人敢說話；王小二卻露出一臉慌張，他走得很慢很慢，用一種幾乎可稱為戒慎恐懼的神態在觀察著四周。

而我開始猶豫，我第一次有這種感覺，我的腳上像綁著鉛塊一樣，心跳得比平常快，每踏出一步，都彷彿有聲音要我不要往前走。

我緊握著相機，卻還是走到了四面佛前。

數以千計的蠟燭照亮了整片庭院，一如剛剛看見的四面佛般，偌大華麗的神龕旁全是鮮花，神台上火光通明，香案上青煙裊裊，鮮花堆積如山。中間端坐著一尊四面佛，金身一樣輝煌，在燭火照耀下燦燦發光。

地上跪滿了信徒們，他們跪了又叩、叩了又跪，鮮花、香燭等祭品擺滿整地，僧侶忙著把祭品往後頭的屋裡送。

然後我得到了注目禮，許多人盯著我不放，那絕對不是善意的眼神，甚至有人走了過來，試圖要接近我。

「這裡不能拍照。」小茜趕緊過來，要我把鏡頭蓋蓋起來。

這時有僧侶靠近，指了指我的單眼相機，我將鏡頭蓋蓋上，鬆開握著相機的手，他才勉強釋然的退開。

這是座很大的四方庭院，靠門口的右方角落有個火爐，正燃燒著熊熊大火，火舌不停竄出，有許多信眾圍著，陸續把東西扔進去。

「那是可以消除業障跟阻礙的佛火，把你覺得無用的、想拋棄的東西往裡頭扔，四面佛收到訊息後，會幫助你的。」

「……妳上次在這裡拜過嗎？」我無意識的開口問，「求了些什麼？」

小茜有些訝然的看了我一眼，好像疑惑我怎會問這個問題似的，然後她微微一笑，食指比上了唇，說了聲：秘密。

好吧，許的願不能說出來，古今中外都有這種傳說，我也只能默然聳肩。

小周趕緊也到四面佛前膜拜許願，王小二則是又敬又畏般的對著四面佛叩拜，然後就起身走到大爐前，緊瞪著大爐不放，好像想把火焰看穿似的。

小茜則虔誠的走到四面佛前，開始膜拜，一面一面的拜著，動作標準得一如泰國子民。

我退到外頭去，這裡讓我感到很不自在。

「怎麼？妳不拜嗎？」彤大姐好奇的在我身邊低語。

「我無所求。」我輕聲說著，所以我也不知道該祈求什麼。

「妳真是個無欲無求的傢伙。」彤大姐輕聲笑著，「可惜我沒那麼無欲。」

「那妳拜了什麼？喔，我知道，不能講。」我想起小茜剛剛說的。

「我還沒拜啦！我只是在想要求些什麼而已！」彤大姐轉身往四面佛那兒走，

「說來很好笑，我想求的我自己都辦得到。」

「或許那就沒必要了？」我語帶暗示，我不喜歡這裡、甚至不覺得在這裡祈願是件好事。

這兒的四面佛明明長得跟剛剛那尊一樣，但我總覺得……眼睛還是嘴巴的弧度不一樣？這兒的四面佛給人的感覺像是盯著人，而且透著淡淡的冷笑。

是啊，我覺得我被祂盯著不放，而且四面佛彷彿在對我笑著。

「安！妳看……小茜要去哪兒？」彤大姐忽然拉了我，逼得我回神，恰巧看見小茜往廟宇深處走去。

「我們在這裡等她就好。」

我拉住她，也制止因好奇而想跟進去的小周。

幾分鐘後，小茜抱著一盒東西出來，那盒子是長方形的，上頭用層層的黑布包裹，她捧著那盒子的姿勢，像捧個寶貝似的珍惜。

「那是什麼？」小周指著箱子問。

「幸運物。」小茜笑得很愉悅，陶醉般的看著那只盒子。「因為我捐了許多香油錢。」

「妳捐錢……？」一直沒出聲的王小二很訝異的開了口，「妳、妳、妳捐了多少？」

「也不多啦，十萬而已，而且我重點在還願呢！」小茜說話時雙眼根本沒在看我們，只顧著撫摸她的盒子。「唉，總算是拿到了。」

「還願？」王小二激動的走上前，「妳在這裡許的願成真了？」

小茜望著他，突然揚起一抹勝利般的笑顏。「是啊！成真了。」

「所以妳當初是跟四面佛說，妳願意捐十萬元來還願喔？」小周很驚訝，「嘖嘖，妳竟然許了那麼大筆數目，看來妳的願望很大喔？」

「十萬只是我的心意，我許願時才不是添香油錢還願呢！」小茜讓到一邊，我發現附近有許多信眾，以一種羨慕的眼神看著她……或許說是看著她手中的盒子比較貼切。

「那妳拿什麼還願？」因為我沒看見小茜帶了什麼禮物或是祭品，從頭到尾，她只揹了一個包包，手無長物，一路穿過大街小巷，帶著我們到這裡……

等等，我瞬間瞪大了眼睛——帶著我們？

「我跟四面佛說，一旦我的願望實現。」小茜的眼神裡毫無情感，卻笑瞇了眼。

「我就帶更多的人，來這裡參拜祂呢！」

她唯一帶的東西——就是我們！

第三章・還願

我們離開四面佛後，在九彎十八拐中回到了大路上，我根本不太記得路怎麼走的，因為我全身發冷，而且一直有反胃感；可是這情況在進入他們的大賣場 BIG C 後舒緩很多，大家在那兒吃了冰、休息一下，又照了幾張相，等我意識過來時，我發現我已經完全沒有反胃的不適感了。

冰才吃完，大家就說要去吃甜甜圈，然後再上大賣場去血拼泰國糖果、魷魚乾跟泡麵等等，彤大姐手上有一長串清單，全是要買回去的食物。

結果就在這時，小茜說她要回旅館，先把那只盒子放下。

我們當然沒有意見，因為一路上大家都盯著她手裡的盒子不放，有人竊竊私語、有人還直接對著那盒子雙手合十膜拜，也有人避之唯恐不及，所以如果她可以不要抱在手上，或許我們受到的注目禮會比較少。

「安，妳要吃什麼口味的甜甜圈？」彤大姐吆喝著，泰國的 MR.DONUTS 有許多我們那兒沒有的口味。

「不了，我吃不下。」我婉拒了，才剛吃掉兩大球冰淇淋，我現在只想吃熱食。

「我想出去逛逛，我們分開各自走好了。」

「咦？妳要走喔？不想逛喔？」小周大口咬下甜甜圈，一臉滿足樣。

「我沒什麼要買的。」我帶著相機，跟他們道別，自己一個人往外頭走去。

如果有人嫌台北塞車塞得嚴重，那就該來看看泰國的交通，我站在BIG C外頭，整條馬路儼然是靜止不動的停車場，車子塞得滿滿的，完全動彈不得，廢氣充斥，佐以熱浪，讓人感覺窒悶不已。

我左顧右盼，許多三輪車急忙停下來，招呼我上車，我搖頭拒絕；在外頭看到串燒跟玉米，我匆匆買了些，跟逃難似的往隔壁的巷弄裡奔去。

這巷子明明跟馬路是垂直，但是綠樹扶疏，白牆紅瓦，空氣登時清新許多，而且也靜謐得令人難以想像；九重葛自高聳的白牆中攀爬出來，我拿起相機悠遊自在的拍了好多張照，看來是有錢人家的住宅，寬廣而且還有庭院。

巷子很長，像沒終點似的，我的腦子清明許多，一點兒都不會累，這美麗的景象在夕陽照耀下，顯得更加旖旎。

我來到一處雕花鐵門前，那扇門頗具藝術感，又讓我駐足了好一會兒，我可以望見裡頭綠油油的草地，還有嘻笑聲。

有個小孩子跑到門邊，他用天真無邪的眼睛看著我，接著卻朝裡頭大聲呼喊，而小小的手指則指著我！

我只是個旅行者，喜歡拍攝美麗的事物，別是他們家禁止拍照吧？

一個皮膚黝黑的男人走到小孩身邊，小孩幾乎是用尖叫的方式在說話的，接著一臉恐懼的埋進男人懷裡；那個泰國男人輕輕的拍著小孩，然後皺著眉看了我。

我用英文跟他說了抱歉，轉身打算趕緊離去。

不過那個男人叫住了我，他用有點腔調的英文請我等等，打開了那扇藝術感的鐵門，追了上來；他來到我面前，說了一大串泰文，我自是聽不懂，只能稍稍賠著笑臉。

最後他沉吟了一會兒，從他身上拿出一個比鑰匙圈大些的東西。

那像是個木雕玩意兒，只見他捧在手掌心珍惜般的撫摸著，然後喃喃自語，再把木雕從鑰匙圈拿下來，遞到我面前。

我錯愕拒絕，我怎麼可能無緣無故接受陌生人的東西。

「妳不乾淨，妳沾上邪惡的東西。」他用英文跟我說，「這個可以保護妳，我暫時借給妳。」

「我……邪惡？」聽到這種詞，心情保證不會好到哪兒去。

「帶在身上，不可以讓他離開妳！」他拉過我的手，把木雕塞進我手裡。「有事情就請他幫忙，他可以幫忙。」

「喔……可是……」我猶豫不決的看著手中的木雕，細細長長的，上頭刻了一些像是五官……五官？

頓時，我想起我曾做過的報導，泰國人非常愛養小鬼，幾乎人人都會養一到兩隻的小鬼，以木雕為主，敦請夭折的孩子附身，他們認為死者具有保護活人的力量——天哪！我瞪大了眼睛，仔細端詳手裡的木雕，那真的是個孩子！

「妳住哪裡？」男人繼續說話了，「妳很危險，很不好不好不好！」他用了好幾個bad，神色凝重。

「這個我不能收……」我想把木雕還給他，雖然這個木雕給我的感覺是無害的，但這是所謂的小鬼啊！

「不行！妳非常非常危險！」男人再度把我的手指包起，將木雕包裹住。「我不是壞人，我想幫助妳；他叫Wan，他也想幫妳。」他好像在告訴我小鬼的名字。

「幫助我？」我看起來需要幫助嗎？

「YES！妳是觀光客吧？妳住哪裡？哪個飯店？」

我不知道我中了什麼邪，但是我竟然告訴這個陌生男人，我住在水門市場裡的哪棟飯店，他聽到後的臉色更形蒼白，這給我相當不好的預感。

他說了太多個NO，我的心好像被人掐著，難以呼吸。

「晚上……妳快回去，晚上不要出來！」他拉起我的手往來的方向去，「快走快走！不要開門、窗簾拉起來、不要理任何人！」

「我不知道……」

「我叫克里斯，我會找人來！妳快回去！」他推著我，「RUN！RUN——」

我拔腿狂奔，不知道為什麼，我甚至不認識那男人、我們素昧平生，我卻收了他的小鬼，我跑在天色漸暗的路上，腦袋一片空白。

可是有個直覺告訴我，我應該要聽他的話。

不知道是不是所謂磁場的關係，我最近跟米粒走得太近了，所以也感染到他的磁場了嗎？所謂敏銳的第六感，讓我在接觸人、事、物時，能瞬間感受到善與惡的氣息。

那個克里斯、這個小鬼木雕，都給我非常溫暖的感覺。

我跑出馬路時，天色已灰暗，馬路上業已亮起了燈，但一樣是靜滯不動的車陣，像極了一片燈海。

心跳得好快，快到我得站在路上喘，然後茫然的往前走。

我把木雕放進包包裡，自己莫名其妙的對木雕說了聲：「麻煩你了，Wan。」然後才想到我說的是中文。

從 BIG C 回飯店的路不遠，我跟一大群當地人穿過馬路，擠進佈滿攤位的人行道，這兒的人行道不寬，兩邊都設攤，密密麻麻到即使想走到馬路去都有困難。人多反而讓我心安，即使是如此的摩肩擦踵，我還是亦步亦趨的跟在他們身後，順便靜下心來逛攤子。

雖然我並沒有仔細在逛街，滿腦子都在回憶所有的事情，小茜帶我們去四面佛那兒是還願？這種說法彷彿我們……我們是祭品似的！帶我們去參拜就是還願的方式，那我們沒有參拜的話呢？

至少我沒有做出任何動作，這也對我會有危害嗎？

那個四面佛很詭異，祂讓我的毛細孔都打開了，以排出森寒的氣息，我感受不到神聖，就連那兒的氛圍都讓我覺得……邪惡。

誠如克里斯說的，邪惡。

是否因此我身上帶有邪惡的氣息？要不然我不可能有機會招惹什麼東西！我只

想放鬆個幾天、拍拍照片，然後寫些遊記，僅此而已。

我遵照克里斯的話回到飯店，大家都還沒回來，我沖了澡，把窗簾拉上，將木雕放在枕頭下面，疲累不堪的沉沉睡去。

一直到急促的電鈴聲，把我喚醒為止。

※　※　※

「幹什麼！安在睡覺耶！」隱隱約約的，我聽見彤大姐的聲音。

「快點！小周一直吐個不停！」是王小二的聲音。

我睜開雙眼，看了一下手錶，時間是晚上十點半，大家似乎都回來了；我將頭髮紮起，沒忘記拿起枕下的木雕，往外頭走去；客廳有一地的戰利品，想來彤大姐是滿載而歸。

門卡著長形的扣鎖稍掩著，只留下一條縫，彤大姐擔心自己進不來；隔壁傳來慌亂的聲音，我經過客廳時瞥見電話，決定先打電話找米粒；電話響了幾聲，終於通了。

「你什麼時候回來的？」我的聲音難掩睡意，「這裡出事了，你過來看看。」

「好。」米粒簡短的回應我，便掛了電話。

我回身要出門，卻突然瞥見一個影子，從門縫邊掠過。

不能動！我這樣告訴自己，所以我就站在原地，跟門縫呈一直線，看著外頭的人影，那人影填滿了門縫的空隙，甚至藉著走廊的燈，在門板下延伸出長長的影子。

我開始發冷。

雞皮疙瘩竄出了我身上每一個毛細孔，自背脊傳來的寒意讓我無法忽視，我注意到那個影子不高，但是他在徘徊，他塞進門縫裡，似乎想偷看。

不是服務生、不是旅館人員，我知道……我應該知道。

因為有顆黃澄澄的眼珠子，從門縫裡「擠」了進來！

那真的是「擠」進來的！那顆眼珠像一粒湯圓般獨立，可能黏在某個物體上……他碩大到比門縫還寬，所以硬生生把自己的眼珠子擠進來，還發出了「啵」的一聲。

我很害怕，但是我沒有尖叫，沒有恐慌，我的情感缺乏，竟然在這個當口可以解釋成鎮定的一種。

顫抖的手將木雕舉起，我認真的在心裡喊著：「請你幫幫我！」

下一秒，門被推開。

「安蔚甯。」米粒的聲音準確無誤的傳來，我正視前方，發現哪來的黑影？哪來的黃色眼珠？

他的臉色並不好看，擰著眉走近我，視線盯著我手上的木雕。

「哪裡來的？」

「一個陌生的泰國男人強迫我要帶著的。」我氣若游絲，「我只是覺得這東西讓我很舒服，所以我就莫名其妙的……」

「帶著它。」米粒竟也語出驚人，「如果能感受到它不是壞的，就帶著吧！」

我點了點頭，冷汗早已浸濕我的背。

我們趕緊到隔壁房，小周吐得稀里嘩啦，似乎把今天一整天吃的全吐出來了，他臉色發青的抱著馬桶，彤大姐打小茜房間的電話，卻一直沒人接，最後決定要去買止吐藥。

王小二陷入慌亂，幾乎都是由彤大姐處理小周的不適，所以他們走不開身，我滿腦子想著克里斯交代的，晚上千萬不能出去……

「我們去好了。」米粒下一秒便自告奮勇，樓下就有便利商店。

「我們……」我有點無力，還是回去房間拿了外套跟錢包。臨走前我把房卡拔起來，一張交給彤大姐，我不希望我們的房門大敞，彷彿在請人進去似的。

我在路上簡單的跟米粒說了下午的事，他越聽眉頭鎖得越緊，然後我問了他去哪裡。

「我進去看那尊四面佛，我不想跟小茜去。」

「你沒叫住我。」

「我知道妳想去，妳想拍照不是嗎？」他滿臉歉意，「不過如果我知道那裡是那樣子，我會阻止妳的。」

算了！現在講這些都是多餘的，事情已經發生了，我只能當作是水土不服……吧？我嘆口氣，走出飯店外頭。

飯店因為是座落在水門市場內，二、三樓本身也在販賣衣飾，所以形成了奇妙的出入口；大廳的確是在一樓，但出口卻是在地下一樓。

從B1電梯走出，那兒有一小塊大約三坪大的空間，有個櫃檯、三個服務生左右；這兒是寄放行李的地方，女服務生通常負責清點跟看管，而男服務生則站在通往外面的玻璃門前，親切的為你拉開門。

走出玻璃門外，就是大概七、八階的樓梯，走上來後是一處平台，算是抵達一樓，觸目所及就是熱鬧非凡的水門市場；因為坡度的高低，所以往下走只需要三、四階，就能開始逛街。

這裡白天熱鬧非凡，到了晚上……只不過十一點，就成了一片荒涼的死城。白天店面與攤販齊聚的景象不再，取而代之的是一條黑漆漆的巷子，幾盞昏黃閃爍的燈，零星的路人，遠處只剩下寥寥可數的幾個攤子，繫了個在風中搖曳的燈泡。

這片景象，反而讓人覺得有點淒涼。

「怎麼這麼冷？」我不由得搓了搓手臂，白天熱成那樣，晚上寒意竟然這麼重？「泰國溫差有那麼大嗎？」

「不知道……」連米粒都皺起了眉，夜晚的街道上開始漫起白霧，更添寒意。我的寒毛全豎了起來，下意識的往米粒身邊貼近，便利商店明明近在咫尺，

但是要我往前走卻舉步維艱。

「走吧。」米粒溫柔的說著，竟牽起了我的手。

我很訝異，但是更喜歡手中溫暖的感覺，讓人覺得有依靠，因為現在整條街道給我的感覺，並不是很正常。

泰國什麼都小，便利商店也很狹小，我們進去用英文溝通半天，沒有得到令人滿意的答案，後來索性請他們把所有的成藥都拿出來，好讓我們一個個挑。

終於挑到一款止瀉藥，死馬當活馬醫，反正都是腸胃問題，說不定小周吃了會好一點。

店員的手指在收銀機上按著，按出一個數字，米粒低首掏錢。

只是在眼尾餘光中，我發現店員的手在離開按鍵時，好像黏了些什麼……這讓我不由得再專注的看一眼，米粒把錢拿給店員，他按開收銀機，手指離開按鍵時——有黏液黏在他的指尖跟按鍵上。

我倒抽一口氣，瞪大眼睛看個仔細，我發現那是店員的血與肉，它們像腐爛的黏液，隨著他每一個動作，四處殘留！

「米粒！」我抓住他的手，一把將他拉離櫃檯。

他錯愕非常，先是看了我一眼，再立刻看向呼喚他的店員。

店員手裡拿著找的零錢，手指上腐爛的肉條啪噠啪噠的往桌上滴落，然後他的微笑隨之崩解，眼球自眼窩的窟窿裡滾落而出，黑色的血和著肉泥，像哭泣般的流出店員的臉龐。

「搞什麼！」米粒大斥一聲，拉著我飛也似的衝出店外。

電動門根本打不開，裡頭的店員很堅持要找米粒錢，他緩步的移了出來，顧不得其他，我抓過一旁能砸東西的鐵架，直接往玻璃門上砸。

玻璃門應聲裂開，米粒搶過我手裡的東西把玻璃碎片清了乾淨，然後拉著我衝出店外。

「Hey！」便利商店邊的攤販突然叫住我們，我倉皇的回首，看見店員一步步的往門口走，或許我們應該叫攤販儘速離開才對。

只是才聚焦我就傻眼了，因為那攤子上面，擺著一塊塊的肉塊。

有女人的胸部、有大腿，還有一顆泡在玻璃甕裡的女人頭，她的黑髮隨著裡頭的水飄蕩著，整顆頭載浮載沉，黑髮四散。

接著她的頭轉向了我，倏地睜開眼皮，咧著嘴狂笑起來。

她笑得很痛苦，一邊笑一邊被甕裡的水灌入口鼻，但是她還持續不斷的囂張笑著，笑到整個玻璃甕都在顫動。

「這是在開玩笑嗎？」我怔然，無法相信親眼所見。

「看來不是。」米粒緊握住我的手，我可以感受到他手心流出的汗水，然後舉目張望，我們已經逐漸被包圍，

剛剛在這條路上的人緩步的朝著我們走來，他們的步履蹣跚，因為他們不太會走路，骨骼以扭曲的方式行走，而且他們都和那店員一樣，把自己的眼珠子哭了出來，兩個大窟窿和著黑色的血掛在臉上，所以難以準確行走。

但是他們像是可以聞得到我們似的，方向無誤的朝著我跟米粒而來。

「他跟我說不能離開的……」我想起克里斯的話，「拉上窗簾、不能開門。」

「為時已晚。」米粒很快面對現實，「準備跑了，安蔚甯。」

「跑去哪裡？」我深吸了一口氣，發現我也很快適應這樣的景象。

「回旅館。」他淡淡說著，拉起我的手，我知道他在準備了。

連一二三都不必數，我們拔腿就跑，閃過許多伸長了手想抓住我們的屍人，一路往飯店的方向奔去。

「這條街根本沒有活人！」我驚吼著，因為隨著我們路過，許多在走廊內的屍體也動了起來。

「所以飯店裡恐怕也沒有好事！」米粒回答我，這就是他打算回去的原因。我想起在樓上的同事，天哪！說不定那大廳、那些服務生，全部都……

我們才衝到旅館那兒的階梯，迎面就撞上了一群衝出來的人——對方人馬在交會處的平台上撞得東倒西歪，米粒及時煞住也拉穩了我，所以我們沒有跌得太慘烈。定神一瞧，是彤大姐他們。

「哇呀——呀——」彤大姐一見到我，就是沒歇止的尖叫。「他媽的這是什麼旅館！」

王小二扶著小周起來，他們慌成一團，臉色鐵青，看來在樓上發生了事情。

彤大姐連罵了好幾句髒話後，簡單的告訴我們，我們離開後有人來客房服務，走進來的服務生前一刻還好好的，下一秒就往小周腳上咬下去，他們的眼珠繃出，身上逐漸腐爛，肉塊隨著移動緩緩掉落，後來還抓住了彤大姐的手。

結果，她抄起梳妝台的東西把對方的手砸了個稀巴爛，然後吆喝王小二把小周連拖帶跑的衝出來。

「小茜呢？」我搜尋一遍，我們只有五個人。

「我沒時間找她！打她房間電話一整晚都沒人接，搞不好還沒回——靠！那是什麼！」彤大姐終於發現朝我們聚集的屍人了。

「我想我們被困住了……」米粒很認真的看向水門市場的巷深處，「這裡恐怕不是真正的旅館、真的街道……像鬼打牆或是封印之類的東西。」

「我聽不懂，但是看這種情況，我願意接受。」彤大姐有點無力，她手上還帶著雨傘，上頭黏了一些肉。

那是大廳的櫃檯人員的一部分，王小二說彤大姐把他們的頭當高爾夫球打。

「我們只能往那邊走了。」米粒指向市場裡，「說不定可以突破鬼打牆，回到真正的世界。」

「小周怎麼樣了？」我注意到幾乎掛在王小二身上的小周，他動也不動。

彤大姐臉色不好的瞥了我一眼，像是一種暗示，然後她抬起了小周的頭，讓我跟米粒嚇了一跳。

那已經不是小周了！他彷彿在我們出外買藥的短短十分鐘內，瘦了四十公斤一樣，面容枯槁，兩頰凹陷，瘦骨嶙峋，簡直已形銷骨立。

我看見一個皮包骨的男人，細瘦的手臂掛在王小二肩上懸盪著。

「怎麼會這樣？」連米粒都覺得不可思議，「他不是才在吐而已嗎？」

彤大姐皺著眉，緊抿著唇，眼神飄忽的往遠處看。「我們先走好不好？大廳裡也有腐爛的人，我不想被包圍在這裡。」

「把小周抱起來吧，他應該很輕了。」我看向王小二，他竟然一臉驚恐的對我搖搖頭。

真是夠了，我是否該慶幸我身邊還有米粒這個男人在？

「我來抱。」我伸出手，拉過小周。

只是我才拉過來，他又開始哇啦啦的吐了一地，電光石火間，米粒將我拉開，害我鬆了手，將小周摔在階梯上。

我們聽見清脆的啪嚓聲傳來，來自摔在階梯上的小周……那是他的手或腳，某塊骨頭斷裂的聲音。

他趴在階梯上嘔吐，吐出一堆黑色的東西，黏膩而濃稠的……米粒扣住我的身子把我拎起來，站上了平台上。

因為小周吐出來的東西，在階梯上漫流，然後突然靜止，下一秒就變成一條條黑色的蟲子，拚命蠕動著，往階梯下方爬行而去。

平常我很少會感到噁心，但是當我想到小周的肌肉與內臟都融化成那一堆黑蟲，再藉由嘔吐而出時，我真的有一點感到反胃。

「小周，我們不能帶你走了。」米粒忽然宣告了，「你會把自己的骨頭也吐出來，我們無能為力。」

小周沒有說話，因劇瘦而凸出的雙眼看著我們，眼底盈滿淚水，用力眨了一下眼。

「他稍早之前就不能說話了。」彤大姐看著在地上的他，眼淚滑了下來。「我猜他眨眼的意思，是代表同意。」

「對不起。」我誠懇的對他說，「我希望這是場夢、是場幻覺，等你醒來時一切都是夢。」

小周看著我們，白色的眼珠開始泛出黑色的液體，他的右眼球在融化，我們不忍看下去，邁開步伐，奔下了階梯，直直往水門市場內奔去。

那群也在融化中的屍首以攀爬的方式往小周的方向而去，在我最後回首時，我看見他們包圍了小周，甚至層層疊疊，如果小周還能說話的話，我篤定我會聽見淒厲的慘叫聲。

第四章・木盒裡……

2008.03.12 Wed.

「妳連話都不會講，是要怎麼升官啦！妳不知道口才好的人才會受到重視嗎？不然妳以為黃佩瑜是怎麼當上組長的？妳喔……早八百年咧！」

今天，小周當著我的面，這樣跟我說。

這意思好像是說，就算我能力再強，如果不會逢迎拍馬、沒有舌粲蓮花，就完全沒有升官的希望嗎？

他口才好還不是沒當上組長？可是我知道，他比其他同事少做很多事，出外跑新聞時也都在打混，但是從來不會被罵，就是因為他公關做得好。

結果人際關係打得好、公關做得漂亮，勝過個人的才能、努力或焚膏繼晷。

我好恨這種人，為什麼一份小禮物、一份點心，就可以抹煞掉我的辛苦？我也很認真工作，我也很願意付出，但是只因為我不會說笑話、我無法跟大家和樂相處，沒辦法說出好聽話，就沒有人看得到我了！

這是現實，我無法逃避的事實擺在眼前……所以我要改變，我必須也要能說善道，要成為受人重視的人！

如果我能有小周的口才就好了！

他的機智與反應、他辯才無礙的能力都給我就好了。

※ ※ ※

小周躺在階梯上，奄奄一息，仰躺著的他，嘴角繼續溢出融解的骨骼、肌肉、組織與內臟，它們黏稠的湧出他的嘴角，然後再化成蠕蟲，飛也似的竄離。

自四面八方蜂擁而至的屍人並沒有傷害他，他們來到他身邊，層層包圍，然後竟恭恭敬敬的膜拜他，這讓他受寵若驚。

他以為自己會死得很痛、或是被這些屍人拆解，也可能……

一個人影驀地出現，她穿著一雙熟悉的紅色圓點楔形鞋，輕快的踏著階梯，來到了屍人群的後方；他們跪拜著讓出一條路，小周僅存的一隻眼睛看見了亮黃色的洋裝。

小茜？那是小茜吧？

「真難想像，你這個模樣挺滑稽的！」小茜蹲了下來，手上拿著把剪刀，喀嚓喀嚓的動著。「看見我很驚訝嗎？怎麼不多說兩句來酸酸我？」

小周掙扎著想移動頭顱，但他無能為力，連喊她的名字都叫不出來。

「你當然不能講啦，現在的你，是叫天不應叫地不靈……哎呀！你看我真的變得比較會說話耶！」她露出可愛的樣子，「就跟你說四面佛很靈，我真的得到你能說善道的能力了！」

什麼？他的說話能力？小茜去求那個鬼氣森森的四面佛……

「不過還是得徹底一點。」小茜搬過一個玻璃甕，裡頭有著琥珀色的液體。「你放心好了，我會善用你的能力，我的口才會變得非常好，我有朝一日，會變成總編輯的！」

什麼東西！那是什麼話？小茜跟那四面佛求了什麼？要他的口才嗎？小周開始震顫，因為他僅存的一顆眼球，也開始在融解了。

「這裡面是嬰屍油，非常寶貴喔，是大師幫我用純正的嬰兒屍體提煉出來的油，花了我很多錢……我現在就把你的舌頭泡進去，絕對不會浪費你的才能。」

看不見的小周只能聽見小茜輕揚的聲音，然後一隻手探入他口內，將他一直未曾融解的舌拉了出來。

「我會連你的份一起活下去的。」

喀嚓。

※　※　※

突然停下來的人是米粒。

我們在狹窄陰暗的市場裡奔跑，這兒荒涼到無法形容，僅存的幾盞燈也逐漸暗去，我覺得每一扇店家的鐵門上好像都鑲著眼珠，正瞧著我們的一舉一動。

「不要怕！不要怕！」我身後的彤大姐不停的喃喃自語，「見一個打一個，見一個打一個……」

「彤大姐，妳不要再唸了好不好！」王小二的情緒逼近崩潰，忍無可忍的對著彤大姐吼。

「我就是愛唸，關你屁事！」彤大姐緊握著手裡的傘，情緒也沒穩定到哪兒去。

「我要是不唸，我就沒有勇氣了啦！」

「大家都冷靜點，現在吵架對我們沒有益處。」我嘆口氣，「米粒，為什麼停下來？」

「妳叫我停的啊！」他神色不安的環顧四周，我們盡可能的站在路中央，不靠近任何一間店面、也不靠近任何一個攤位。

攤位底下黑漆漆的，誰知道會出現什麼。

「我沒有。」我餘音未落，腰間傳來了震動，我本以為是手機，準備探手去取，才想到我的手機擺在行李箱裡了啊！

拿出塞在口袋裡的小錢包，我想起了那個木雕。

我不想猶豫，打開錢包拿出那小木雕，今晚遇到的事已經很離奇了，所以木雕上的雙眼眨巴眨巴看著我時，我也不需要感到什麼驚奇。

一陣朦朧的光影自木雕竄出，一個小男孩竟站在我們面前。

王小二嚇得躲到彤大姐身後去，不但把她往前推，還緊扣著她的雙肩，在她背後瑟縮；彤大姐倒是沒有退卻，她緊握著雨傘，殺氣騰騰的瞪著小男孩看。

「別動手。」我趕緊出聲，現在的彤大姐殺氣有夠重。

小男孩是泰國男孩，他有一雙圓溜溜的大眼睛，長得很可愛，老實說，跟克里斯長得有幾分神似。

只見他伸出手，往我們的身後一指。

迅速向後瞧，後頭什麼都沒有，除了漫長的路與濃霧外，剩下的只有恐懼。

「往那邊走嗎？」我深吸了一口氣，「我們剛剛才從那邊來。」

男孩用力點了頭，然後雙手合十，站直身子，緩緩的轉了一個圈。

「啊……四面佛！他在學四面佛！」彤大姐跳了起來，「那個金光閃閃的四面佛是在……那個方向沒有錯！」

「他要我們往那個四面佛跑？」王小二慌了，聲音在哽咽。「那邊有一堆鬼啊！我們跑到那邊也要一段路啊！」

「總比這裡好。」我看了男孩一眼，「你叫 Wan 對吧？我們繼續往這兒跑下去，是不是死路一條？」怕語言不通，我還指了指路的盡頭，再用手刀往頸子一刎。

他點了點頭，認真得不得了。

那就只好走了！我跟米粒相視對望，難得有小鬼願意幫我們，總比我們往死胡同鑽好。

「你像個男人行不行！還敢躲在我後面！」彤大姐用力的擊了王小二的背部，

「挺直，告訴自己一定行！」

「我又不是妳這種男人婆！我不行啦……」王小二雙腿一軟，直接跪在地上。

「勇氣是一點一滴累積而成的，不是天生的！」彤大姐竟然用力踹了王小二一腳，「你他媽的給我站起來，不然我會把你扔在這裡等死喔！」

我不擅長鼓勵人，不過彤大姐的方式真極端。

「我也是要一直催眠自己，不然我哪來的勇氣把旅館人員的頭打掉？」彤大姐掐著雨傘的手都泛出青筋了，「我覺得我的膽子像是被偷走一樣，一天比一天更沒用！」

「偷走？」米粒對這說法很好奇。

「嗯，我變得很多事都不敢，我變得很怕事……變得怯懦！但是現在這種情況，我不能夠突然變得膽小！」她一把將王小二拉起來，「我要告訴自己我可以、我是男人婆，見一個我就打一個！」

「很好，那我們走吧！」我不想久留，開始往前走。

剛剛一路跑來沒有阻礙，讓我們稍微放鬆的以步行的方式往前行，只是遇到了一個十五度的小彎道後，我們就看到市場的入口，曾幾何時已經又擠滿了一群人。

路是這樣的狹窄，他們爭先恐後的，全塞在路口，想朝我們而來。

「見一個打一個。」彤大姐的雙眼凌厲有神，我看得出她全身都在發抖，但是她卻挺直腰桿，一副準備上場作戰的樣子。

「問妳朋友能不能幫我們？」米粒指了指我手裡緊握的木雕。

餘音未落，身影落在我們前方，Wan小小的腳開始奔跑，我們也跟在他身後跑著，一直到逼近了那群人時，Wan突然煞了車，雙臂一張，竟然活生生的開出一條路，許多屍人被彈射出去！

小鬼原來也有分等級啊？這尊小鬼的力道竟然比這群屍人強。

我們飛快的從小鬼幫我們開的路往前跑，米粒拉著我衝第一個，王小二平常很膽小，逃命時卻比彤大姐快了許多，留她一個人在最後面，然後我們聽見尖叫聲。

我們倏地回首，看見王小二自我身邊跑離，沒命的直直往前衝；而一雙黝黑的大手，由後架住彤大姐，向後拖離。

令我訝異的是，那是一雙完全沒有腐爛的手，一個看起來跟我們一樣健全的人，扣住了她。

「去死！去死！」彤大姐歇斯底里的掙扎著，將手中的雨傘使力的往後刺。

「哇——」我們聽見了男人的哀號聲，他鬆了手，向後一縮，彤大姐回身再拿傘往他身上猛刺，一旁緊接著又竄出許多人影。

米粒要我別動，他直接衝過去，把發狂般的彤大姐拽出來，拚命的往這邊拖。

「妳冷靜點！」我望著掙扎的彤大姐，冷不防的甩了她一個耳光。「不要再亂動了！葛——」當我要喊出彤大姐的名字時，喉頭卻沒了聲音。

米粒瞪大了眼睛看著我……或者該說我的後方比較正確，Wan騎在我肩上，小手扣住我的喉間，不讓我說話。

「他在搖頭……」米粒把彤大姐拉站起身，「喊名字可能不是件理想的事情？」

「是、是嗎？」Wan鬆了手，我深吸了一口氣，取得更多的空氣。

「他點頭了。」米粒沒有遲疑，帶著我們繼續往四面佛的方向跑。「我看得給妳取個別名。」

「叫安好了。」大家都這麼叫，只有米粒會叫我的全名。

這在很多地方都有類似的說法，例如經過墳地時，不能說出全名，否則孤魂野鬼知道了你的名字，就能對你下手之類的傳說。

「剛剛……有人，是活生生的人。」彤大姐突然開口了，「他們的手是熱的，我打他們時還有血！」

「說不定是個好消息，至少有活生生的人。」我們沒有太多時間討論這些問題，只能沒命的往前跑。

每跑過一條巷子，就有更多的屍人在那兒等我們，我們連他們的來歷都不知道，事實上是為什麼我們會在這兒都搞不清楚；但是我心底明白，這一切跟下午那尊四面佛、跟小茜都脫不了關係。

王小二已經跑得不見人影了，我們衝出路口的過程中，Wan 幫了我們很多忙，彤大姐也是「巾幗不讓小子」，我們親眼看見她戳爛了追上的屍人、或是真的來記全壘打。

等跑出了市場區，那本該人聲鼎沸的馬路上照樣是空無一人，有的只是更多的屍人，蹣跚的朝我們前進；我們越過了馬路，眼看四面佛的位置就在前方不遠處了！只是當我們看見那死灰的角落時，心都涼了半截，那兒沒有什麼四面佛像，有的只是一處空地，早上看見的佛像已經全數消失。

「不見了！」彤大姐緩下了步伐，大叫起來。「四面佛呢？那尊四面佛呢？」

「跑！繼續跑！」米粒低吼著，因為 Wan 就站在那個角落，對我們招手。

「那小鬼是什麼？該不會妳已經被下降頭了，所以搞不清楚什麼是正什麼是邪？」彤大姐竟止了步，她慌亂不已。「那個小鬼說不定才是害慘我們的對象，那裡什麼都沒有，他卻引我們去……」

我也停下腳步，上氣不接下氣的喘著，我完全理解彤大姐的顧慮，在這種不可思議的夜晚、在失去一個同事之後、在生死交關之際，猜疑心就會升到最高點。

「請相信我的直覺。」我走上前，握住彤大姐的手。「妳相信我的，對吧？」

她看著我，明眸大眼滾著淚水，緊咬紅唇的她用力的做了一個深呼吸，環顧四周蜂擁而至的屍人，突然綻開微笑。

「反正大家一起死，至少有個伴。」她高傲的抬起頭，「但要是我活下來了，我一定要去找小茜問清楚！」

「我們一掛。」我握起拳，她也在我的拳上一擊。

然後我們頭也不回的穿過了無車的馬路，直直朝著小鬼的方向衝了過去——剎那間，一陣強光刺得我們差點睜不開眼，異國的語言登時在我們耳邊響起。

我跟彤大姐踉踉蹌蹌的，是米粒拉住我們倆，才不至於摔倒在人行道上。

我們不可思議的看著眼前的景象，莊嚴神聖的四面佛就在我們面前，即使是子夜，依然有信眾在這兒膜拜；馬路上車水馬龍，來來往往的都是行人，多半是觀光客，他們有說有笑的掠過我們身邊時，還有點介意擋路的我們。

米粒把我們帶到牆邊，王小二也跑了過來。

「嘿！很妙吧！我一跑過來，好像穿過一道門一樣，就回到現實世界了。」他還在興奮狀態，結果彤大姐下一秒就賞了他兩巴掌。

「那我們是什麼時候進到那個世界的？」我有點無力，終於有時間思考這些問題。

「我也不清楚。」米粒嘆了口氣，死亡的壓力稍稍紓解。

路邊的彤大姐正在咆哮，她對王小二又罵又打，王小二原本默不作聲，後來也吵了起來，形成一個新的觀光景點似的，引人圍觀。

我跟米粒則在思考這一切，下午的陰森四面佛、我們是還願的道具……是不是因為如此，所以才會遭遇那樣的情況……但是，米粒沒有去那裡，他不應該受牽連。

刺耳的嗚笛聲響起，一台又一台的救護車與警車呼嘯而過，米粒忽地直起身子，擰眉看向救護車的方向，然後倒抽了一口氣。

「飯店的方向……我有不好的預感。」他轉過頭去，叫彤大姐休息一下。

「我們應該回去找小周。」我也直起身子，說不定小周平安無事。

「回去？現在三更半夜的，你們不能明天早上再回去嗎？」王小二大喊著，聽得出來他很擔心。

「你在這裡待著吧，怕死是人之常情，別跟著去又把我推出去。」彤大姐拽著他，扔進四面佛寺裡。「我可有話要問小茜。」

我們相視而笑，三人重新往飯店方向走，王小二真的沒有跟我們一道回去；一路上都是再正常不過的街道，我經過便利商店時，看見的是正常的店員、看見賣衣服的攤販，然後是轉著刺眼紅燈的警車，就停在飯店出入口的階梯下。

擔架被移了下來，我緊抓著T恤，跟著米粒撥開圍觀的人群，往前查看。

階梯上躺著扭曲的屍體，骨頭幾乎全數碎裂，頭破血流的腦漿四溢，我可以想見明天泰國的報紙可能會刊登：台灣籍旅客自旅館窗口躍下，當場死亡。

※　※　※

隔天早上十點，泰國警方非常好心的載我們回旅館，我們低聲的討論，幸好手機沒開，要不然肯定會被老編罵到臭頭；我們就在現場，竟然沒辦法寫一篇最棒的報導回去。

做了整晚的筆錄，大家都疲憊不堪，所幸沒有任何人被拘留。

看見小周的屍體後，我們並沒有急著上去認屍，我叫彤大姐回去找王小二，跟他在外頭晃晚一點再回來，因為我們不能把昨天發生的事說出來，沒有人會相信。

而且彤大姐的雨傘上有很多肉塊，這也只會為她帶來麻煩而已，不會有人相信那是會動的屍體。

我在數分鐘內把細節計畫好，就說彤大姐跟王小二在外頭閒晃到半夜才回來，他們可以藉口說在路上聊天，在四面佛那兒研究，也可以說去吃點什麼東西；而先回到旅館的我跟米粒，因為接到小周的電話才過去查看，發現他身體不舒服，所以我們下樓去幫他買藥。

我不諳英文，因此才會請米粒陪我。

我們在便利商店沒找到，所以決定到外頭去找，繞了半天卻迷路，等我們回來時，小周已經跳樓身亡。

時間線絕對能取信於人，因為我們回到飯店的時間，才十一點十分。

也就是說，從我們下樓到被追殺、甚至衝到四面佛那邊避難的這段時間，在正常的人類生活時間裡，僅僅只過了數秒鐘；我跟米粒真正花費的時間，只有從四面佛那兒走回來的這十分鐘。

口徑一致，王小二自然也非常配合，但還是搞到了天亮，我們才被放回來；警方也交代我們，可能還會有需要我們的地方，請我們協助調查。

這段時間，小茜依然不見蹤影，但我們只說她去找朋友，目前沒有手機可聯絡；等警方離開之後，我跟彤大姐就到樓下櫃檯，請他們幫忙給我們小茜房間的房卡，因為我們想試著聯絡她。

畢竟是命案的關係人，櫃檯不假思索的就配合我們所有的要求，我們四個人拿著她的房卡去敲房門，依舊沒有任何回應。

所以我打開了她的房門。

即使外頭是三十八度高溫的豔夏，小茜的房裡卻一片黑暗，客廳陽台的落地窗簾被拉上，房間裡也關得密不透風，呈現像黑夜一般的感覺。

我們開了燈，呼喚小茜，但是沒有得到任何回應；四處看了一輪，她自從昨天在 BIG C 一別後，似乎沒有再回來。

梳妝台乾乾淨淨的，完全沒有擺任何東西，行李箱就擱在地上，衣櫃裡也沒有懸掛衣服；浴室裡沒有殘留的水珠，除了洗手的肥皂被拆開過，盥洗用具都沒有動過。

「她會不會昨天下午根本沒有回來？」彤大姐觀察著房間，「她什麼東西都沒拿出來，行李根本就原封不動。」

我走到床邊，床單也沒有拉開，只有少許皺褶，還有床裙的……我狐疑的再瞧一眼，床裙有一段被折進床底下，並沒有完好的垂掛著。

我跪了下來。

「安，不要吧……妳要幹嘛？」王小二驚恐得好像是我要他去拿似的。

我沒答腔，伸長了手往裡面摸索，很快的摸到了一個盒子……布的觸感，讓我很快的知道那是什麼。

我把黑色盒子拖了出來，是昨天在那陰森四面佛那兒，小茜手裡捧的「香油錢回禮」。

「說不定這就是答案。」米粒也蹲下來，開始拆開那層布。

王小二哀哀叫的衝向外頭，躲到客廳去，彤大姐則緊貼著牆，全身不住的發抖。

「妳、妳都不怕的喔？」

「怕啊，只是我不會像你們那麼怕。」沒瞧見我的手也在發抖嗎？「我的情緒起伏有限制，所以比較能面對這一切。」

我揚睫，看著神色緊繃的米粒，他的冷汗滲出，那為什麼米粒也不怕？

「我遇過很多次靈異現象，稍微有點經驗，但是我還是會怕。」他現出一抹苦笑，「尤其當有心傷害我們的人，竟是朝夕相處的同事時，我會更害怕。」

是啊，越親近的人，越使我們防不勝防。

長長的布終於拆到了最後一層，那是一個木盒，上面寫滿了泰文，很像是經文或是咒文之類的文字；但我跟米粒還是決定聯手打開那只木盒，想知道那是多麼珍貴的東西。

我們打開了，一陣異味撲鼻，彤大姐失聲的發出尖叫。

躺在盒子裡的，是一具乾嬰屍。

泰人養小鬼的最高境界，最強大的容器，真正的嬰兒乾屍。

第五章・天黑之後

從木雕的大小與等級，到浸在嬰屍油與否，都決定了小鬼的力量；有能力的人會希望給小鬼最棒的環境跟容器，以期發揮最大的功效，才能對他人下降頭。

乾嬰屍是早期泰國人養小鬼用的容器，他們會去廟裡請一尊嬰屍，多半是浸泡在嬰屍油裡供奉，放在家裡保佑全家，並使喚小鬼為其做事；隨著科技的進步，現在多用木雕代表，因為那只是個容器，重要的是小鬼的靈魂得進入那木雕裡。

我手上的 Wan，就是文明的象徵之一；但是乾嬰屍……畢竟是屍首，所以還是有人認為那才是頂級的容器，而且做成乾屍的嬰兒通常不是普通嬰兒，都是做了法事尚不願被超渡、擁有靈力的嬰骸，所以必須由廟宇將其供奉。

泰國人相信死靈有神聖的力量可以守護人類，所以對於屍首總是懷有敬意，甚至會供奉起來。

因此結合嬰屍原本的能力，再注入自身餵養的小鬼，能力便會達到巔峰。

我把木盒扣好，放進預備的背包裡，我不打算還給小茜，也不想讓它落入任何人手中；米粒說他感覺不到那嬰屍上有任何小鬼存在，但是有份靈力衝擊著他。

我想也是，如果真有小鬼進了容器，小茜應該會把它帶在身上。

我們先一起去市場買些小吃、再回我房間，四個人聚在一起，不要分開比較好。

「所以說，那天我在樓梯間聽見的聲音是小茜的，她在跟她的小鬼說話。」我們聽見媽媽這樣的詞，八九不離十。

「小茜……養小鬼……」王小二喃喃唸著，他的臉色比誰都蒼白。

「我說啊……」彤大姐換上了輕便的牛仔褲跟緊身背心，橫躺在床上，托著腮。「我們該不會被下降頭了吧？」

王小二聞言，顫了顫身子，恐懼的瞪著她看。

「我也這麼覺得。」我舉了手。

「我也是。」米粒也應和，「而且是在你們被小茜帶去那個什麼靈驗的四面佛之前。」

因為唯有如此，才能解釋為什麼米粒昨夜會被捲進一樣的事情。

「降頭要怎麼下啊？」彤大姐倒是很積極，「早知道我應該去跑這種新聞，以前我覺得那些全是怪力亂神，現在需要時卻沒有任何概念，呿！」

沒人知道怎麼下，有人說只需要看一眼，有人說點香，也有說不知不覺就能下。尤其以小茜的例子來說，她有小鬼，而且幾乎隨身攜帶，辦公室那一圈灰霧就是小鬼的陰氣，他在辦公室那麼久，我們一票人應該早就被下了。

「她為什麼、為什麼要這麼做？」王小二絞著手，哭哭啼啼。

「我不知道，但是跟那尊四面佛絕對有關係，因為我們是還願的祭品。」我看向疑惑的米粒，簡短的告訴他，小茜當初許願時，答應那四面佛一旦願望成真，要帶更多人去參拜。

「所以她願望成真了？什麼願望？」米粒飛快的聯想，「讓她急著把我們帶來還願？」

「一定是實現了！不然她幹嘛那麼積極的要帶我們來泰國？她根本就是算好的！」彤大姐坐起身盤坐在床，越說越氣憤。「你們記不記得，我那天提出旅遊罷工時，她根本沒膽子應和！結果一當上組長，立刻、立刻耶，跑去跟總經理說幫我們爭取什麼出國——」

話及此，彤大姐也想到了什麼，她雙眼圓亮，輕輕啊的一聲。

連王小二都聽出端倪，恐懼的眼珠子轉呀轉的，很沒自信的逸出了幾個字：「當組長？」

「看來第一個被下降頭的不是小周，是黃佩瑜！」這樣就說得通了！「她死於非命、小茜當上組長……米粒，你記得那天我們在樓梯間聽到的對話嗎？」

她稱讚小鬼是乖孩子，還說今天奏效了，小鬼給了她一個驚喜……那天就是黃佩瑜意外死亡的那天。

「她還提到要買新家給小鬼！」米粒的視線移到了背包裡的乾屍，「真是大手筆，這嬰屍要價不菲。」

「靠！所以鋼索斷掉根本不是意外，連保險公司都很狐疑，不懂為什麼沒有生鏽的吊索會突然斷裂，這都是因為黃佩瑜被詛咒了嗎？」彤大姐拿起鬧鐘就往地上扔，「對同事下降頭是為了什麼？是想殺掉黃佩瑜、還想當組長？」

「都……都有吧！」王小二顫抖著，意有所指的看著我。「小茜她、她好像……好像……」

王小二說到這兒就支吾其詞，眼神飄忽，像是知道些什麼卻不敢說；所以米粒很溫和的坐到他身邊先為他打氣，再陪他聊些五四三，以緩解他緊繃的心情。

彤大姐跳到我這床來，她跟我討論如果今晚又發生一樣的情況，哪些道具比較適合防身。

「妳真的都沒在怕喔？」我抱著雙膝，笑了起來。

「我怕死了好不好？」她橫眉豎目的瞪著我，「我就是很怕死、我才絕對不願意死！我才不像妳跟米粒，你們才是沒在怕的人。」

「不會啊，我很怕……妳認識我也一年了，應該知道我是個很漠然的人，所以在這種情況下，我看起來會比較理智些。」

「那米粒咧？他超像謎。」她挑了眉，偷看了米粒一眼。

「他說以前當模特兒到處跑時，遇到很多靈異現象，所以他常跑廟啦、找專業人士，多少學了一些。」我偷偷附耳，「他有點敏感，好像看多了。」

「所以這玩意兒也能習慣成自然？」彤大姐一臉了然於胸的樣子，導出奇怪的結論。「我有點瞭解了，經過昨天之後，我要是今天再看到他們應該就比較不怕了！」

基本上我看她昨天看到屍人也沒什麼退卻啊，還說自己的勇氣被偷……偷走了？

我突然聯想到一件詭異的事情！警方說，跳樓身亡的小周有個很大的疑點，他的確符合跳樓自殺的情況，但是在醫院那邊，卻發現他的舌頭不見了。

在舌頭根部有著平滑的傷痕，像是被刀子或剪刀剪下，但是在現場甚至房間裡，都沒有找到舌頭。

一向能言善道的小周突然不會說話，像啞了一般，墜樓身亡的他死狀跟我們離去時差不了多少，但是那時他還有舌頭……在我們走後，有人剪去了他的舌嗎？

「欸。」米粒喚了喚我們，「王小二有點問題。」

我們回首，彤大姐挑高了眉，她覺得他的問題就是孬種；我拉了拉她，男人再爛自尊心一樣很強，而且越爛的越強，別專往王小二的痛處踩，即便那是事實。

「他最近被編輯跟老總找去罵很多次，他的美編能力差得一塌糊塗。」米粒幫他說話，因為王小二正在低泣。「色彩亂調、版面亂七八糟，他說他完全忘記自己到底該怎麼做。」

「真的假的？」彤大姐不太相信，「我看這期雜誌的編排很棒啊，我還覺得進步了咧！」

「那是、那是小茜做的！」王小二哭吼了出來，「她的能力突飛猛進，她以前不會的程式頓時得心應手，而我……我……」他張開雙手，緊緊瞪著自己的手。「我變色盲了！我現在看什麼顏色都是紅的！」

咦！這消息讓我們極度震驚，王小二曾幾何時是色盲？一個色盲怎麼能做美編的工作！剛剛還對他冷嘲熱諷的彤大姐立刻跳下床，跑到王小二面前，要他說出她身上穿的黑色背心是什麼顏色。

「紅……紅色……」王小二的答案，令人不可置信。

彤大姐皺起眉頭看著悲痛欲絕的王小二，這就是他最近越來越陰沉的原因嗎？不但變成色盲，連靈感都消失了，這叫人怎麼能夠接受！

「對、對！」彤大姐雙手握住王小二的肩頭，「我穿的就是紅色！你說對了！」

下一刻，她緊緊的抱住王小二，兩個人莫名其妙的開始嚎啕大哭。

那是種壓力的釋放，我跟米粒相視微微一笑，逕自走到客廳去，讓裡頭兩個人盡情的哭一場。

這種情況我掉不出淚，米粒則是眉頭深鎖，他很切實際，而且壓力似乎還不到臨界點。

「你想到了嗎？」我輕聲的開口，「先是彤大姐說她覺得勇氣消失，變得怯懦；再來是王小二的美編能力，他以前一向比小茜優秀；然後是小周，近來嘴也沒那麼不饒人。」

「但是小茜美編才能卻突然更上層樓，什麼都變得很敢講，也會直接去找上司們聊天，還常妙語如珠的逗得他們呵呵大笑。」米粒冷冷一笑，「她要的組長到手了，但是她想要更多的才能，或許想繼續升上總編輯的位子。」

「所以初步推測，她是過年時來到泰國，跟四面佛祈求，然後拿我們去還願嗎？」我心裡湧出一股悲傷，「這是佛會做的事嗎？拿走他人的能力，轉換成她的？可是……有必要置人於死地吧？」

「大家都被下了降頭，而且……你們還是祭品，別忘記這一點。」米粒一字字的提醒，「你們被帶去還了願。」

「我沒參拜……」我腦子一片渾沌，我記得小茜說，她說會帶更多朋友回來參拜四面佛，但是我沒有拜，這樣算嗎？

「陰邪的事很難講，我們現在也不知道她的降頭會如何作結。」米粒語重心長的執起我的手，「不過可以確定的是，你們去的那個四面佛……恐怕不是真的。」

泰國的宗教有正有邪，許多旅遊家都有建議，不要隨意亂拜，因為你無法確定參拜到的會不會是邪惡的廟宇。

我無法理解小茜的所作所為，為了這樣的事情犧牲同事，她能睡得安穩嗎？

「她想偷走我什麼呢？」我莞爾，我找不到自己改變的地方。

「說不定沒有，妳太沒存在感了。」這時候他還有心情虧我。

裡頭的哭聲漸歇，彤大姐紅著一雙眼睛走了出來，她依然在哽咽，不過指了指落地窗斜照進來的夕陽。

「天要黑了。」

「嗯。」我平心以待。

「我不想待在旅館裡，在這裡簡直是坐困愁城。」彤大姐永遠是行動派的人，「我寧可到街上去，至少有地方可以逃。」

「今天……還會遇到跟昨天一樣的事嗎？」王小二也帶著淚眼走出，「還是我們快點到四面佛那裡去避難。」

「你想逃多久啊？當然要把事情在這裡解決掉啊！」彤大姐簡直是豪氣干雲，「如果我們都被下降頭了，回台灣一樣倒楣啦！不過你說對了，我要去四面佛那裡。」

彤大姐說完，轉身往房間走，收拾她的「傢伙」。

「她說的應該是小茜帶你們去的那間四面佛。」米粒補充說明。

「我不是坐以待斃的人，我要找到小茜，先狠狠打她幾個巴掌，再踹她幾腳！」

彤大姐邊收拾邊罵，她現在火冒三丈，身體的四周燃起熊熊大火般的氣勢。

「不必找她，我想她會主動來找我們的，」我也揹上整理好的東西，拎起我的背包。

「怎麼說？」彤大姐眨巴眨巴的大眼睛，真的很迷人。

「因為這個在我這兒。」我拎起背包，揹上了身。

她千方百計要的乾嬰屍在我手上呢！如果她昨天沒有把小鬼放進去，就表示事情沒有完成，暫時無法作法換身體；但是她不可能棄這具乾嬰屍於不顧，她會親自來找我們的。

我們站到陽台上，看著日暮西沉，橘色的火球下降得很快，當它沉下山的那一頭時，天空開始變暗。

「開始了。」米粒幽幽說著，他的眉間又皺了起來。

「走吧。」我看向彤大姐，她今天手裡拿了跟店家要的鐵棒，另一手拽著王小二。「你給我爭氣一點！你還想不想活啊！」

我們走出房門，搭了電梯下樓，地下一樓的服務生依然笑容可掬的為我們開門；走上一樓，水門市場熱鬧非凡，人潮洶湧，但是我們都知道，這是天黑前的景況。

等到天黑時，我們將進入另一個世界。

「我提過有活人的事情，記得嗎？」彤大姐在我身後，悄悄開了口。

「嗯。」

「他們在前面。」她抬起了手，指指前方。

有六到八個男子站在前頭，其中一個人臉部浮腫，身上有不少傷痕，看來是昨天試圖抓住彤大姐的人。

他們的眼神沒有情感，朝著我們走來，但是卻非常恭敬的行了禮，並且伸出手畫了一個弧形，全部以邀請的姿勢，請我們往前方走去。

「他們、他們要帶我們去哪裡？」

「祭品該去的地方只有一個。」

第六章・祈願者

Wan在我的牛仔褲口袋裡發熱，他好像對這一切有什麼不滿的反應，我們前後被七個男人包圍著，走著九彎十八拐的路，要前往小茜拜奉的四面佛廟。

她果然親自來找我們了，不知道她是否已發現她寶貝的乾嬰屍不見了。

不知道轉進第幾條巷子裡時，夜幕已經覆蓋了夜空，寒氣再度逼人，我手臂上的雞皮疙瘩告訴我，我們現在又身在不平凡的空間中了。

我腦子意外的清明，想著這一切的緣由，又想著那總是坐在我身邊，總是有些膽小的小茜，她敢怒不敢言的怨氣一直在累積，所以她試圖改變。

養小鬼下降頭這種事非常實際而且有效，只是我萬萬想不到，她會選擇取他人的性命，只為了自己工作仕途上的順遂。

人們的確都會為了貪念升官不擇手段，但要像小茜這麼有行動力的……著實少見。

終於來到通往神壇的路口，遠遠的，我們就看見小茜在路中間歡迎我們。

「嗨！你們終於來了！」她手裡抱著一個玻璃甕，加快腳步的迎向我們。

「張文茜！」彤大姐抄著鐵棒，就往小茜衝過去。「妳這個喪心病狂的傢伙！我是哪裡欠妳了啊！妳幹嘛找我們麻煩！」

幾個壯漢動作更快，阻擋了彤大姐，甚至搶走了她手中的鐵棒，一手打過去，逼得她跌坐在地。

「人往高處爬，水往低處流，這不是社會準則嗎？」小茜說得很自然，「我要變得更好，我想要當總編輯。」

「那可以靠妳自己的努力，何必傷害同事？」我上前攙起彤大姐，「佩瑜是死在妳的降頭之下？」

「她該死！」小茜的眼裡帶著強烈的恨意，「她搶走我的一切、她居功、她耍陰，她最該碎屍萬段！」

「那小周呢？」

「他嘴賤，而且我想要他的口才。」小茜微微一笑，端起玻璃甕。「喳喳，你們看！」

高舉的玻璃甕裡，赫然漂浮著一條血淋淋的舌頭！

「那該不會是嬰屍油吧？」我狐疑看著黃澄澄的液體。

「嗯，把小周的舌頭泡在裡面，這是屬於我的東西，你們發現我變得很會說話了嗎？」小茜指向王小二，「再來是王小二的美編才能，還有你的構想，我都好喜歡，所以我要把你的腦子也放進來。」

這話說得平淡自然，但是嚇得王小二當場腳軟，往地上就是一跪。

「那我呢？」彤大姐的憤怒倒是淩駕了恐懼。

「我要妳的勇氣、妳的靈巧……」她突然皺了皺眉，「可是好奇怪，為什麼我覺得沒有得到全部……因為妳還是一樣兇！」

「哼，大概裡面那尊四面佛也看不慣妳這麼做吧？」彤大姐冷哼一聲，還揚起得意的笑容。

「小茜，妳到底對我們做了什麼？妳跟四面佛許了什麼願？」米粒上前一步，但是小茜更快的後退一步。

「我只是要變得更棒更好！王小二的美編能力、彤大姐的膽子、安的理智，擁有這些，我會當上總編輯的！」她指向裡面那尊佛像，「這裡的四面佛保證會讓人願望成真，不管許什麼願，祂都會有所回應！」

「所以妳是帶我們來……獻給四面佛？」我不懂，難道這裡還在搞活人祭？

「嗯，我本來說要捐錢，僧侶說不夠；他們建議等我得到了你們的能力，就順便把你們送給四面佛好了！」小茜咬了咬唇，深呼吸一口氣。「反正我有四面佛的庇蔭，我可以拿到所有我想要的能力，然後你們也沒有機會揭發我，這是一舉數得的方法！」

「小周已經死啦，事情都鬧上國際媒體了，妳是要怎麼脫身？難道我們全數死在這裡，妳也會沒事嗎？」彤大姐氣急敗壞的吼著。

「這裡的僧侶會幫我掩護，說我在這兒清修。」小茜揚起勝利的笑容，彷彿一切都在她的算計之內。

「一定要這麼做嗎？我們跟妳無冤無仇，甚至也沒有妨礙到妳……」我依然有著極端的悲涼感，「大家都是同事一場……」

「就因為是同事，我才能下手啊！不然我去哪裡找人獻給四面佛？」小茜竟然一臉理所當然，「而且今天是同事，說不定明天你們就跟我爭升官，我已經笨過一次，不會傻到再笨第二次！」

「拿別人的生命當代價，天下怎麼會有這種白吃的午餐？」米粒以鄙視之姿睨著小茜，「如果這尊四面佛不是正神，那妳也不該期待它會善待妳。」

「白吃的午餐到處都有，免費的成功隨時都在發生，不只我們部門，其他公司也天天在上演，他們可以踩著別人的頭往上爬，我也可以做我想做的事。」小茜說得義正詞嚴，絲毫不認為她的作為有任何錯誤。「這個世界就是這樣，適者生存，不適者淘汰。」

我們被推了一下，男人們開始把我們往廟裡推，燭火照耀下的四面佛笑得很詭異，我依然感到被緊盯著，全身起了雞皮疙瘩。

我們被架到四面佛前，一人站在一個面，被強迫與獰笑著的四面佛對望，我連血液都幾乎快凝結了。

「他不必。」小茜突然拉住了抓著米粒的男人，「把他帶到旁邊去。」

米粒被兩個男人架走，不明所以的望著我。

「我對米粒下的是愛情的降頭，但是卻沒有用……不過換了乾屍之後，我的寶貝會幫我忙的。」小茜對著米粒嫣然一笑，「我很喜歡你，我想要當你的女朋友。」

她拿著鮮花、香燭、四串花，重新回到四面佛前，虔誠的跪拜，然後將玻璃甕好整以暇的放在地上，又拜了幾拜。

接著，她從容打開玻璃甕，用筷子夾出小周的舌頭。

然後用極為優雅的姿勢，將舌頭送進嘴裡，用力的咬下了一口。

「哇呀——呀！」彤大姐忍不住尖叫起來，我知道，因為那實在太噁心了！

「我得吃完，吃完它，我就能徹底擁有小周的口才。」小茜咬不斷生舌，只好用力的扯斷它。「然後是王小二的腦，我會把你的腦子泡在嬰屍油裡，再經過四面佛的加持後，我會吃得乾乾淨淨的。」

「妳……墮魔了，小茜。」米粒沉重的說著，「妳吃了生人，用我們的宗教來說，已經墮入魔道了！」

「這本來就是個人吃人的世界，不是嗎？」小茜正用力的嚼著，「差別只在於偽善與不偽善罷了。」

一陣強風刮至，燭火熄滅，而我突然覺得眼前的四面佛，眼睛眨了一下。

不可能，我這樣告訴自己，仰著頭直視著那尊雕像，這只是座雕像，空洞的眼神沒有眼皮，怎麼可能會……在我這樣說服自己時，四面佛的眼睛又眨了一下。

然後，雕像上的笑容笑的弧度更深了，直直對著我笑。

『不要動！』有個聲音直直傳進我的腦子裡，『直視著它，沒有關係！』

我僵直著身子，是 Wan 的聲音嗎？他會說中文幹嘛不早講？

我眼前這一面的四面佛有雙晶亮的雙眼，它像在打量著我一樣，當然也不避諱的直視我的眼睛，彷彿想把我看穿似的。

我只聽得見風聲，跟四方信眾膜拜的聲音，他們跪地而拜，距離這尊佛像很遠很遠。

緊接著我聽見彤大姐的尖叫聲和哭聲，她歇斯底里的喊叫著，好像在喊某個人的名字，聽起來像是個精神錯亂的人；另一側是王小二的驚呼聲，他慌張不已，連著哭號的悲鳴。

「小甯。」

換我了，我聽見遙遠傳來的熟悉聲音。

我往右邊看了過去，那兒站著三個人，正對著我露出慈祥的笑容。

這真是不可思議的景象，我的父母跟弟弟，竟然好端端的站在我面前，就在我身邊。

「爸……媽？」我看著年紀尚小的弟弟，「小威？」

「嗨！姐！」小威笑得很可愛，肥嘟嘟的臉紅通通的。

他們完好如初的站在我跟前，身上穿的正是搭機出發前的衣服，三個人都笑容可掬，而且氣色看起來很好。

「你們……」我失聲而笑，「這是什麼？某種幻覺？或是……」

「小甯，妳聽我說。」媽媽上前一步，竟然就握住了我的雙肩。「這是很嚇人的狀況，我知道，但是妳要仔細聽媽說。」媽媽說著，面有難色的回頭望著爸爸。

「我……我說不出來。」

「別這樣！」爸爸也走上前，握住我的手。「小甯，妳要聽話，聽佛的話，一切聽祂的指示，這樣妳就可以幫助我們。」

「幫助你們？」天哪，爸媽的手是熱的，跟活生生的人一般溫暖。

「因為我們被困住了！」小威一臉無辜的樣子，「大家都不知道飛機已經炸掉了！所以我們一直都在機上，每天到那個時候都要被火燒、被炸斷手腳，好痛喔！可是四面佛說可以幫我們，讓我們離開那裡。」

「……」我看著可愛的小威，腦子有點暈。「既然你們知道是被困住的，那就應該知道自己死了啊！這樣何必……」

「因為沒有路，孩子！我們不知道怎麼去那道門。」媽哭得泣不成聲，「妳一定要幫幫我們，十年了，爸媽跟小威都……啊啊！來了！來了！」

餘音未落，我看見不知哪兒來的火光照耀，然後大火襲上爸媽他們，竄燒的火舌吞噬他們的臉頰跟舉起來的手臂，火燒焦了他們的皮膚，發出惡臭的焦味，然後轟然一聲——

九歲的小威忽地在我面前炸開來，血肉模糊，他的屍塊濺了我全身；然後是爸爸跟媽媽，他們體內像被放顆炸彈般迸射開來，媽媽留下了一隻手臂掉在遠方，爸爸只剩下半顆頭顱。

「救救我們……」露出半顆腦殼的爸爸哀求著，「聽四面佛的話，順應祂的引導……」

我知道，這不絕於耳的尖叫聲與哭聲是怎麼來的了。

彤大姐說過，帶大她的是外公外婆，因為她自幼父母離異，所以在鄉下長大，才會養成強悍的個性；外公外婆卻因車禍意外身亡，那天他們北上幫她過生日，因為那時她剛上大一，是第一年離開家鄉。

結果她跟同學去夜店狂歡，外公外婆等得太累了，只好把禮物交給隔壁的房客，開夜車回家；早睡早起的老人家禁不起熬夜，外公一個閃神，撞上了收費站。

王小二沒有喪失的親人，只有不負責任的父母，因為他是被當皮球踢來踢去的孩子，每個親戚都不願收養他，小時候過得並不好；好賭的父親在他工作後還常找他要錢，養小白臉的母親也來找他拿錢。

四面佛把每個人心底深處的極愛與極惡挑出來，讓我們在這當中沉迷，然後呢？

「不痛的。」小威突然又好端端的出現在我面前，手裡拿著一把彎刀。「刺一下下，不會痛。」

「刺哪裡？」我接過彎刀，眼淚緩緩淌下。

「這裡。」小威滿足的笑了起來，比了比胸口。「一下下就好。」

「刺下去你們就自由了？」我緊握住刀子，腦子想的是剛剛他們被炸碎的一幕，內臟噴濺到我臉上的觸感。

「妳不會有事的，寶貝，這只是幻覺。」媽媽露出感激的神色，「四面佛只是要妳願意為我們犧牲……」

我走上前，緊緊的擁抱住爸媽，小威環抱著我，大家哭成了一團。

「姐！又要來了！」小威淒厲的尖叫著，「我不要再被燒！我不要再被炸——姐！」

我擎起刀子，一刀刺進了小威的前額。

「這樣就不會了。」我抬起頭，看著尖叫中的父母親。「你用了很棒的例子，可惜我這個人，沒有極悲。」

當年我撿拾屍塊時，也只是這樣流了幾行淚水，我沒有椎心刺骨的痛，也沒有痛徹心腑的悲傷。

我把刀子抽出，一口氣刺進母親的胸口、再刺進父親的胸口，他們慘叫著、哀號著，然後我的眼界變得清明！在我面前的，哪是什麼爸媽，只是三個臉色慘綠的屍人。

我轉回頭來，四面佛正怒瞪著我，它咬牙切齒，而我握緊刀子，往它的臉上刺了下去。

四面佛發出哀鳴，它的臉迅速裂開。

「妳在幹嘛！」小茜跳了起來，我發現，她已經把小周的舌頭全數食盡。「天哪！妳竟然對四面佛不敬！」

我看著她，再往四面佛的臉上補上一刀。

登時，外頭的信徒也瘋狂的大吼，我想起過去有則新聞，有個穆斯林拿槌子砸壞四面佛，那位仁兄在幾分鐘後，被信眾活活打死在四面佛前。

我看著瘋狂向這兒衝過來的信徒，我在他們眼裡應該也是罪無可赦的惡人。

「快阻止她！」小茜尖叫著，我上前把她推開，掠過她那一面的四面佛，跑到彤大姐身邊，她還在歇斯底里的說著對不起。

她面前有一對屍人，她的手上也已拿著彎刀。

我從後面把屍人撞開，及時扣住她要自刎的手，再把木雕拿出來，往她的額前熨貼上去。

「哇——好燙！」彤大姐尖叫一聲，雙手急著摀住額頭，刀子應聲落了地。

「我……我……」

她錯愕的睜眼，意識恢復清醒的看著我，還有再度湊前的兩具活屍，他們還在低喊著：「孫女啊～」

「……」彤大姐瞪著那兩具伸手要擁抱她的活屍，再看著我。「我被耍了？」

我點了頭，擎起彎刀，往她這面的四面佛也刺了下去。

「去他媽的！」彤大姐尖聲嘶吼著，抄起落地的彎刀，往那兩具活屍的眼睛戳刺下去，然後轉過頭，往王小二的方向走去。

王小二呆若木雞，他一動也不動的站在那兒，可是他身邊沒有活屍，也沒有彎刀，現在他的四周，出現一種絕對寂靜的氛圍。

原本要湧上前來的信眾跟僧侶並沒有衝進來，他們因為一場異象而止了步……

我帶著彤大姐往後大退一步，看著冒充我們家人的那五具活屍在地上悲鳴，融解成一灘爛泥，而眼前的四面佛……

它在抖動，它在掙扎……天哪，我看著雕像的手舞動起來，那兩面被我戳刺的四面佛正僵硬的摀住自己的臉，想阻止上頭一塊又一塊的剝落。

「照……照相機……」彤大姐喃喃自語著，竟然把胸前的數位相機拿起來。

「放下。」我真不敢相信，彤大姐的膽子是哪來的？這拍回去還得了？

「這是世界十大奇景吧？佛像在動耶……以後哪還會有機會錄啊！」她還跟我拗？

「不！不——看妳們做了什麼！」小茜歇斯底里的哭喊著，一臉驚恐的模樣來來回回看著摀著臉的四面佛。「懲治她們！懲罰她們啊！」

四面佛發出嗚嗚的聲響，然後終於停止了臉部的剝落，緩緩的把手放了下來。

「應該要被懲罰的人，是妳吧？」四面佛笑了起來，「嘻嘻嘻，張文茜？」

雕像碎裂的臉下，出現了另外一張臉。

那是猙獰的、鐵青色的，宛若雕刻的另一張臉。

王小二。

※　※　※

我揉了揉眼睛，才確定自己沒有看錯，被我戳刺而剝落的那兩張臉，真的是王小二！

其他兩張臉依然維持原樣，但是沒有表情，還是座雕刻。

這景象太過驚人，連架著米粒的男人都誠惶誠恐的跪下來膜拜，一副四面佛顯靈的模樣；米粒扭著有些發疼的手腕，走了過來，看著目瞪口呆的小茜，還有正在扭動頸子的四面佛。

「王小二？」米粒指著四面佛，跟我一樣不可思議。

「我叫王承鋒！什麼王小二！」王小二的聲音重疊的大吼，「你們這些瞧不起我的人！」

「怎麼會……」小茜是最無法置信的人了，「你、你是四面佛？你怎麼可能會是……」

王小二的「金身」緩緩的站了起來，我想起電影《古墓奇兵》裡，墓穴中的雕像活動時差不多就是這個模樣，看來電影拍得還挺真實的。

四面佛離開了神龕，從神龕裡走了出來。

「妳以為只有妳會養小鬼嗎？哈哈！妳給我看著！」他指向站在我們旁邊，動也不動的王小二身軀。「那裡面才是我養的小鬼！」

「我頭好疼……」彤大姐不明所以的看了隔壁的男人，「所以這是人嗎？」

「我也會許願啊……我也跟這兒的四面佛許了願！」那大尊的王小二狂笑著，「我要變成人人都尊敬的人，我要升官、我也要當總編輯！」

還真巧，兩個相同心思的人，都到這裡祈願。

「那你為什麼會、會是四面佛！」小茜仰著頭高喊著，她恐慌不已。

王小二突然愣了一下，他皺起眉頭，好像一副他也不清楚的樣子。

「這是四面佛賜給我的能力吧？反正我剛剛站在那兒，一瞬間我就發現我在這尊四面佛體內了！」王小二志得意滿的看著自己的手，「我來這裡買了五尊小鬼，我的小鬼才跟我說，我同事來過了。」

小茜白了臉色，她衝到玻璃甕邊，抱起一甕嬰屍油，小心翼翼的退到了牆邊。

『四面佛跟他說，不如利用來拜託的同事，完成她的願望，然後再奪取她身上的智慧跟才能。』那股聲音，又傳進我腦子裡了。

「妳燒掉不少東西啊，希望脫胎換骨嗎？」王小二的手裡突然冒出一疊東西，「看看，好多本日記……還有一堆勵志書呢！裡面寫的都是黃佩瑜的壞話，還有小周啊，他喜歡諷刺妳，彤大姐呢……脾氣差、兇暴的男人婆。」

「我沒否認過。」彤大姐倒是不以為意，聳了聳肩。

「還給我！我不是都燒掉了！」小茜看向牆角的大火爐，「我都確實丟進去、燒掉了！」

王小二的笑聲刺耳的傳來，彷彿在嘲弄小茜的無知。

「那沒我們的事了吧？」米粒小心翼翼的詢問著，「原本我們是中了小茜的降頭……」

「別動！誰都不許走！」王小二另一面瞪著我們，神情駭人。「你們沒有人可以離開這裡！」

「關我屁事？」彤大姐挑了眉，滿臉不悅。「你們喜歡升官你們去啊，我又沒說我要升官！」

「小周的口才、彤大姐的膽子……」王小二冷冷看著我，「還有安的冷靜，米粒的心。」

「我不冷靜。」我的背包在動，這讓我非常慌亂，裡面只是一具乾屍，為什麼他好像在敲著木盒！

「冷靜、冷血……無所謂，我要妳的情緒，那種什麼都缺乏，什麼都無所謂的感情。」王小二一臉陶醉的樣子，「然後我就可以更加暢行無阻。」

「這你應該不需要了吧？你現在已經比我厲害很多了。」他連良心都沒了，還需要我的冷靜？

小茜跪了下來，她開始喃喃唸著，像是在祈求真正的四面佛回應她，並且呼喚她的小鬼。

『讓我出來。』那股聲音，來自我的背包裡。

我此刻的臉色一定發白，豆大的汗珠從我頰旁滑下，我緊張的看向米粒，他的視線也落在我的背包上。

屍人走了過來，他們跟昨晚的不一樣，既沒有邊走邊腐化，也沒有掉落肉條跟血塊，而是像傀儡般的勇健，抓住彤大姐，將她高高的抬了起來。

「哇呀！放我下來！王小二！你想幹嘛！」她手腳又揮又踢，但是屍人緊緊扣住她的四肢。

我飛快把背包拿下來，在屍人們接近我時，把木盒拿了出來，但是尚且來不及打開，我的手就被人拽住了！米粒的反擊毫無作用，屍人太多了，而且又湧上僧侶，他們個個力道驚人，扯著米粒的衣服。

我最後只能任由木盒往前落地，那扣上的木栓啪的彈開來。

乾屍滾了出來。

小茜一眼就認出來了，她尖叫著撲上前，想把乾屍奪回來；但是王小二更快，他的長腳一伸，把乾屍給勾到自己腳邊，吃力的彎下腰，將乾屍撿拾起來。

「那是我的！」小茜氣急敗壞的喊著，「我花了五十萬買的！」

「妳的就是我的，妳才配不上這具乾嬰屍咧！」王小二把乾嬰屍小心的捧在懷裡，「我來這裡祈願時，就已經花了錢預訂這具絕無僅有的乾嬰屍了。」

一具嬰兒屍體也能說得跟寶貝似的，我處在價值觀混亂的地方，對象還是我兩個朝夕相處的同事。

我們三個被高高抬起，來到大火爐邊候著，火舌的熱度讓我想起剛剛見著的爸媽幻象，或許那股焦味，也會變成我身上散發出的味道。

「你才不配！像你這種無用的懦夫，乾嬰屍不會選擇你的！」小茜拿起手邊有的物品，往四面佛身上扔。「我經過請示，他願意跟我走！」

「我早就請示過了，妳是被利用的人，因為妳會幫我得到我想要的才能，然後妳會代替我去死！」

「去……去死？」小茜一臉錯愕，「我不會死的，誰說會……」

「跟這尊四面佛求助，必須付出身體的一部分，每祈求一樣東西，就必須付出一樣……沒聽過對吧？那是當然，因為妳的問題不對，妳從來沒問妳該付出什麼。」王小二一臉自己英明睿智的模樣，我真懷疑在公司時，他為什麼沒那麼志得意滿？

「付出身體的……那……」小茜在計算自己祈求的東西，小周的口才、組長的地位、彤大姐的勇氣、王小二的腦子、我的冷靜跟米粒的心。「不對，我目前只得到小周的口才，彤大姐的勇氣我只得到一點點。」

「妳得不到了，那降頭被破了。」王小二冷哼一聲，「但是妳開出了支票就得兌現，沒拿到是妳的事情，我可以免費幫妳善後；而我只祈求一件事，那就是我王承鋒會變成一個人人尊敬的人！」

免費善後……意思是說，小茜沒取得她所有的願望是自己無能，但是她一樣得付出代價；王小二可以繼續奪取彤大姐的勇氣卻不必付出代價，因為小茜已經付了。

這尊四面佛絕對絕對是極度的邪惡！

我向四周張望，讓自己對上王小二懷裡的乾嬰屍，剛剛是他在跟我說話，所以他應該有所表示才對。

可現在王小二懷裡的終究只是具屍體，他乾癟得縮成一團，一動也不動；倒是我口袋裡的木雕開始鼓譟。

我努力把意識集中在彤大姐身上，為什麼她的降頭被破了，大家都一樣被下了降頭，她卻可以破除，還能夠恢復以往的樣子？

「彤大姐，妳昨天在正常的四面佛那兒，最後求了什麼？」米粒突然開口問了。

「咦？」彤大姐愣然的頓了一頓，「我沒求什麼啊……喔，就平安健康而已啊！」

難道就因為這樣？我跟米粒都沒有參拜，我只顧著照相，本來我就鮮少去廟宇裡祈求什麼，所以我們的降頭都沒有破？

一句平安，就可以……突然間，有一隻小手握住了彤大姐頸上的繩子！是Wan，我猜得出來。

連米粒都看見了，這逼得我們順著那條繩子往下看……那是相機的繩子，剛剛彤大姐還嚷著想拍下四面佛「顯靈」的樣子。

「誰！」王小二突然大喝一聲，瞪向我們這裡。「誰敢在我這裡撒野！」這一聲吼，嚇得Wan的小手頓時消失，而且木雕上的熱度也瞬間失溫。

小茜跟王小二還在吵著，我沒興趣管他們在嚷些什麼；Wan想跟我們透露什麼？彤大姐昨天有拍照，相機裡有幾張四面佛的照片，我也有拍，但是相機我沒有帶在身上。

我們三個人的四肢都被抓住，我找不到任何方法，可以逃離這樣的高舉……

「幹什麼！天哪……」小茜的驚呼聲自一旁傳來，有兩個男人分別抓住她的兩手，另一個人拾起剛剛在我們手上的彎刀。「彤大姐！救我！幫我……」

彤大姐仰頭看向她，「我都自身難保了，還救妳咧！」

她說的話一點都沒錯，因為有其他的人，也手持彎刀走向我們。

「彤大姐的膽子、安的腦袋、米粒的心……基本上我還要他整個頭，那張不錯的臉皮！」王小二喀噠喀噠的動著，「再加上妳的舌頭……放心，我不要妳的才能，妳那種能力我才不屑，等妳一死，我暫時被妳奪走的就會回來了。」

換句話說，等會兒彤大姐會被剖開身子挖出膽、我會被切開腦殼、米粒會被挖出心來、撕掉臉皮，然後大家都有機會被泡在那甕嬰屍油裡，再變成王小二的晚餐？

很遺憾，我敬謝不敏。

「喂！」我對著王小二懷裡那具乾嬰屍大喊，「剛剛是你跟我說話吧？你想點辦法吧？我現在就需要你！」

說時遲那時快，那乾嬰屍忽地睜開眼，在我看清楚之際，咻的從王小二臂彎間一躍而至，準確的停在我胸口。

那真的是尊木乃伊化的嬰兒乾屍！他的皮膚失去了所有水分，呈現鐵灰色，趴在我胸口，如老人般皺紋密佈的臉龐，睜著混濁的白色雙眼看著我。

我根本無法呼吸，彤大姐在旁邊喊著，這個嬰屍竟然彷彿活過來了……然後我慢慢的往下降，被好整以暇的放在地板上，剛剛抬著我的僧侶們，均雙眼發直的站立不動。

「他們……他們……」我坐起身，指向了依然被抬著的彤大姐及米粒。

乾嬰屍朝僧侶看了一眼，彤大姐他們也被好端端的放了下來！我接著跑到角落拿起置放成一排的木材，直接往四面佛的佛身打過去。

「我的小鬼！」小茜掙扎的看著那具嬰屍，「王小二，你卑鄙無恥！你竟然先入了你的小鬼！」

「我沒有！四面佛說要經過祂的加持才能入！」王小二移動笨重的身子，想要伸手撈過小鬼，但那嬰屍飛快的跳躍著，閃過了他。

米粒帶彤大姐衝過來，我也彎低身子閃過王小二的石手往門外衝，即使我知道小茜跟王小二的身體在裡面，但是現在我們無能為力。

只是才跑沒幾步，這巷道內已經塞滿了兩眼無神的信眾，他們說著我沒聽過的語言，然後開始朝我們扔石子。

「照片……彤大姐，妳把四面佛的照片亮出來！」我著急的要彤大姐動作。

驚魂未定的她很快的拿出相機，然後找到四面佛的照片，對著那群信徒亮了一下；這照片果然有點用，信徒們個個恐懼的擋住雙眼，跪了下來。

「後面……拜託！」彤大姐慌亂的看前顧後的，誰叫我們被雙面包夾，不但有信徒、有僧侶，也少不了從墳地裡爬出來的屍人。「我螢幕要向照前還是向後啊！妳的照片呢？」

「我相機沒帶出來。」我把木雕拿了出來，希望可以當護身符用，不過 Wan 並沒有如同昨夜般出來保護我們。

米粒手裡握著他掛在頸子裡的護身符，喃喃唸著佛號，我是不知道語言通不通，但有人說過心誠則靈——問題出在我完全不會任何經文或是佛號。

阿彌陀佛？還是什麼波羅蜜？嘖！

有些活屍拚了命的衝上前，他們被相機裡的四面佛嚇得融解，但是前仆後繼，根本是屍人海戰術，終於有一具屍人，握住了彤大姐的相機帶子，狠狠的扯斷了繩子，將相機拋飛出去。

「那是我……」彤大姐氣急敗壞的長腳一伸，狠狠踹開那具屍人。「我新買的鏡頭！」

這邊驚魂未定，庭院那兒又傳來小茜淒厲的慘叫聲，我們倏地回過頭，看著她口吐鮮血的在地上匍匐著，她的舌頭被扔進嬰屍油了，好整以暇的蓋上。

「不該有這種事的。」我深吸了一口氣，緊握雙拳，毅然決然的往前走去。

「妳幹什麼！」米粒攔住我。

「我們前後都有人潮湧來，我們可以打屍人，但是無法對付活人……這樣下去贏不了的，也沒人能離開。」我堅定的看著他，「要讓水停止得關掉水龍頭，你保護好彤大姐，我來處理小茜跟王小二。」

「處理什麼？妳會嗎？」他很緊張，緊扣著我不放。

「我不會，但是我下得了手。」我的指甲嵌進我的掌心裡，「要你們真正去對付同事，你們做不到吧？」

「安，妳就做得到嗎？拜託，那太可怕了……」彤大姐也出聲阻止。

「我做得到，做不到我也得做。」我擠出笑容，「至少我做了，不會像你們那樣痛苦……我的情感有問題，記得嗎？」

付之闕如的感覺，在這個時候突然非常有用。

米粒不再說話，他鬆開手，像是支持我的決定；所以我往前走回庭院，拾起落在地上的長木材，放進火爐裡點火，讓木材燃燒，然後搜尋那具乾嬰屍。

「你還在嗎？」我問著，高大的王小二佛像正與我面對面。

「我一直都在這裡，你們離不開的，幹嘛多費氣力呢？」王小二高高在上，很享受那種優越感。

「才不是叫你。」我看乾嬰屍從天而降，攀著我的頸子，停在我肩上。

「妳——安？妳也使小鬼？」王小二斥喝著，「過來，小鬼！你是我的！」

「我該怎麼辦？」我沒理王小二，低聲問著我肩上的乾嬰屍。

『向四面佛祈願。』

第七章・情感闕如

向四面佛祈願？

要求東西需要付出身體的一部分作為代價，我也不想去跟陰邪的偽四面佛祈求些什麼，怎麼能——

『它給的力量，只有它能收回。』乾嬰屍咯咯笑個不停，『妳要快點，不然四面佛會完成他的願望喔！』

只要跟四面佛請求……我知道該怎麼只許一個願望，就能讓大家平安離開，但是跟這個四面佛打交道，我會得到什麼？會有什麼樣的下場？

我突然笑了一下，有什麼下場又如何？我不該是會在意這種事情的人，總比大家永遠被困在這兒好；這種邪惡的東西，是不會讓大家有善終的。

彎刀劃過了米粒的手臂，他確實的護著彤大姐，屍人們努力的要按照四面佛的命令，取得王小二要的東西。

「四面佛，我安蔚甯向您祈願。」我忽地跪了下來，「請您回應我的願望。」

霎時間，所有活人、屍人全都靜止不動，包括那耀武揚威的王小二，也像被冰凍住般無法動彈。

我知道，四面佛在聽我說話，它正期待我對它許願。

「請即刻撤銷我任何一個同事對您許的願望！」我仿效泰國子民，恭敬的跪了下來。「我願意獻上我一隻左腳！」

陰冷的空間裡瀰漫著絕對的死寂，冷風再度刮起，沒有人有動作，沒有人出聲，我只是再三的膜拜，一直拜……

沉重的腳步聲自我後方傳來，像是有人拖曳著雙腳行走似的，我趴在地上靜止不動，看著掠過我眼前的腳跟，青黴色的乾枯肌膚露出神經與肌肉，是屍人在行走。

他們彷彿全聚在我面前，但全背對著我。

「不——不行！怎麼可以這樣！」王小二的尖吼聲突然迸了出來。

我終於坐直身子，看著一群屍人正努力的把眼前的王小二佛像往那神龕裡推。

他的身軀彷彿不聽使喚，極度僵硬扭曲，一步步後退著，逕行往那神龕裡去。

「寶貝！我的寶貝，快阻止她！」王小二驀地大吼，我嚇了一跳。

「安！他養了五個小鬼！」米粒在左方大喊，我先看了他們一眼，米粒正抱著彤大姐，她聲淚俱下，不可思議的望著我。

五個小鬼……我還沒有意會過來，突然一個身影跳到我面前，我連看都看不清楚，就被掐住了頸子。

天！那力道之大，我的氣管都快被掐爆了！我往後倒在地上，有熱度自頭頂傳來，讓我知道我有多靠近那火爐。

「安！」米粒的聲音隱隱約約的，似乎在我上方，緊接著空氣灌進了我的肺部。「睜開眼睛！醒一醒！」

我吃力的睜眼，雙眼朦朧的開始咳嗽，拚命的吸著氧氣，這才看見米粒手上拿著他自己的護身符，而不遠處有個漂亮的女孩子摀著臉又叫又跳。

「我拿這燙她。」米粒揚了揚平安符，「國度不同，但好歹是我們國家的神明。」

我看了看那平安符，沒什麼特別，上面是觀世音菩薩。

「彤大姐呢！你放她一個人……」我才要站起來，卻聽見彤大姐的叫罵聲。她手上拿著我剛剛燃火的那塊木板，去對付一個乾淨的小男孩，但是另一個孩子卻從後面偷襲她，跳上她的背，騎在她肩上，摀住她的雙眼。

屍人們還在努力的推著王小二，小鬼們持著彎刀朝我們三個逼近，外頭的信徒們盲目的開始誦經，他們不知道把這定位是祭典、還是神蹟？

「五……六，為什麼有六個小鬼？」我數著個個長得漂亮的孩子，雖然他們下起手來毫不含糊。

王小二只有養五個……我低下頭，往趴在地上哀鳴的小茜看過去。她有養一個小鬼，而她現在正忿恨的瞪著我，明白的警告我，希望我收回自己的願望。

兩個小鬼輕快到過分的跳到牆上，再跳到我面前，若不是米粒眼明手快的先把我拉開，彎刀可能已經刺進了我的眼裡；他們的攻勢都在頭部，真的跟王小二的願望一樣，想要我腦殼下的腦子。

「米粒！」我們想過去彤大姐那邊，卻因為密集的攻擊而絆倒了，雙雙跌在一起，但小鬼不會摔跤，他們在等待可以把刀子插進我們身體的瞬間。

米粒護著我，而那個最漂亮的女孩子露出猙獰的笑臉，狠狠的把刀子招呼過來。只是有人更快，快到我連殘影都看不見，那漂亮的女孩就被打飛出去，而且準確的落進了那燃燒著的火爐裡。

『願望要許三次。』在我面前的，是那鐵灰色的乾嬰屍。『拖拖拉拉的，要不要命啊妳？』

他說完，枯瘦的腳一跳，竟跳得無比高，俐落的自頸後抓走扣住彤大姐的小鬼，再度往火爐那兒扔。

「我……」我趕緊推開米粒，再次跪拜。「我安蔚甯向您祈願，請即刻撤銷我任何一個同事對您許的願望！我願意獻上我一隻左腳！」

另一隻小鬼氣急敗壞的衝過來，試圖阻止我；米粒很快的握住平安符繩子的一端，甩到小鬼身上去。

「我安蔚甯向您祈願，請即刻撤銷我任何一個同事對您許的願望！我願意獻上我一隻左腳——」

「嗚……啊啊！」小茜發出聲音，用力的搥著地板，彷彿在呼喚我。

我與她對望，小茜正在哭泣，淚水不停的流下，一如她自口中噴湧而出的鮮血一樣。

彤大姐把燃著火的木材往小鬼肚子壓過去，直直把他壓在牆邊，那小鬼幻化成可憐的孩子，哭號著，用可愛天真的模樣，要彤大姐救救他。

「好燙喔！阿姨！好燙喔！」小孩伸出小手，童稚的聲音可人。

「去死！去死去死！」彤大姐加重了力道，「少跟我來這套！你最好被燒乾淨！」

「啊啊啊！」小茜用力拍著地板，吸引我的注意，她指了指自己的嘴，再指指不遠處那浸著她舌頭的玻璃甕。

我明白了。她知道四面佛已經接受了我的祈願，所以希望我能夠幫她一把，讓無法言語的她恢復到過去的模樣，把舌頭還給她。

小茜吃力的爬坐起來，她朝著我跪下，然後誠懇的拜託我，不停的求著……眼底裡盈滿淚水，連我都好像可以聽見她哀求的聲音。

第一滴淚水自我眼角滑下，我凝視著她，想起同事一年的情景，想起我剛來時她親切的笑容、她曾經送我的小禮物、貼心的餅乾點心，還有大家一起挑燈夜戰的時刻。

不知道當她對四面佛許願時、割掉小周的舌頭時，或是想要取下我的腦子時，有沒有想到過去的同事情誼。

這份情誼不深，也或許在人生中不重要，但至少是人生的一部分。

「妳知道我的，我從不矯情。」我對著她微微一笑，「我不可能為妳再犧牲我身體的一部分。」

小茜不可思議的看著我，她緩緩的搖著頭，再求了我一次，而我只是扶著米粒，別過了頭。

我不是那種犧牲到底的人，也不譁眾取寵，不可能為了想讓別人覺得我有大愛，就以德報怨，為這樣的人再犧牲我另一隻腳或是哪個器官。

小茜該明白的，因為她當初想要的，不就是我這樣的個性嗎？

「啊……啊啊！」小茜發出低吼，眼神從剛剛的哀憐轉成憤怒，她踉蹌的站起，手裡不知何時也帶了把刀。

乾嬰屍跟彤大姐在跟小鬼們對戰，乾嬰屍的力量不容小覷，但是小鬼們也不遑多讓；養小鬼得用血養，這六隻小鬼已經被血養了半年，邪法凌駕於乾嬰屍之上，畢竟乾嬰屍尚未噬血，對付他們總是吃力些。

不過我們可以感覺到，一旦乾屍被血豢養，可能會是能力非常可怖的小鬼。

小茜開始追著我們跑，米粒原本想繼續護著我的，但是在經過快被推回神龕裡的王小二身邊時，他的手突然握住了他，導致他被困住；我繞著中間的王小二跑，小茜在我後面追。

經過玻璃甕時，我抱了起來，一把將蓋子扯開，直接往小茜身上扔過去！

她一聲哀號，手裡握著刀子的她來不及接過甕罈，裡頭的所有嬰屍油潑灑了她一身，她柔軟的舌頭也落在地上。

「張文茜！」彤大姐好像解決掉那隻小鬼了，回身抓住了小茜持刀的手。「妳為什麼要這樣？不要執迷不悟！」

小茜雙眼染上瘋狂，她恨恨瞪著彤大姐，現在的她無法言語，她只能掙扎，再狠狠的推開彤大姐。

彤大姐不留情的甩了她兩巴掌，兩人扭打在一起，我趁空跑到米粒身邊，他的手腕已經快要被雕像捏碎了。

「你的平安符呢？」我慌亂的尋找。

「掉了……」米粒痛不欲生，臉孔都扭曲了。「我皮夾裡還有……」

我慌亂的從他後口袋翻出皮夾，果然有另一個平安符夾在裡面，我什麼都不會，只能試著把小方塊貼在石像手上，認真的唸著關聖帝君的法號。

「哇啊！」石像的手突然冒出了煙，王小二發出了慘叫，也鬆了手。

米粒整個人倒在我懷裡，他的右手腕青紫一片，痛得說不出話來。

王小二被推回了神龕裡，他的手被迫回復雕像的模樣，但是有兩張臉孔還是王小二，依然在大吼大叫著。

我想起他的身體，回身想要尋找，卻發現曾幾何時已經不見了。

「王小二的身體呢？」我站起身試圖尋找，結果在角落順利的看到平躺著的他。或許是剛剛的大亂，導致被撞倒了吧？我往前走，閃過扭打在一起的彤大姐跟小茜，來到王小二的身體旁邊。

有一隻被火燒焦的小鬼，正虛弱的爬到王小二身邊，他的胸膛跟肚子早已被挖開，那像是被撕開一樣，我甚至看不到他的內臟。

我說不出話來，我看那小鬼把臉埋進他身前那個大窟窿裡，貪婪的吸吮裡頭的臟器跟血液……然後，他燒焦的身子一寸寸的恢復成原來的肌膚……

用自己的血養小鬼，最終還是被小鬼反噬了。

「呀！」彤大姐的叫聲拉了我回神，我回頭看，她美麗的臉頰出現了一條血淋淋的刀痕。

我不是許願了嗎？為什麼不儘快結束這一切？

不！不對……我只是讓王小二跟小茜撤銷願望，所以四面佛不會再讓僧侶跟屍人取我們的腦子或是心，但不代表能阻止小茜他們養的小鬼！

這並不是有瑕疵的願望，這是卑劣的惡魔！它不會幫我阻止這群小鬼，它在看一齣好戲，看小茜跟王小二如何對付我們，不管如何，它都能坐收漁人之利！

我們得自己來！

小茜把彤大姐推到角落去，她的眼仍在追逐我，我的眼神則放在那燃燒不止的火爐上，那兒有個小小的身軀，正吃力的從裡面爬滾出來。

那是被乾嬰屍打掉的漂亮小女孩，她也要回到自己主人身邊，需要血的餵養。

「不要發呆！！」躺在地上的米粒大喊著，我才回神，發現小茜已經近在眼前。

我躲不開！我一定——

「張文茜。」

有個不該出現的聲音，就在我耳邊響起了。

連小茜高舉的手都停下了，我們不約而同的互看著彼此，然後發現那聲音就在耳邊。

「妳以為我會甘心把組長的位子讓給妳嗎？」這聲音來自我的右方，四面佛也在我右方。

問題是，四面佛不是王小二嗎？他坐了回去，剩下頭部可以動，一直在嚷嚷著。

我緩緩的轉過頭去看，那四面佛唯二沒有被我破壞的臉，竟然出現了黃佩瑜的臉孔！

天哪！我倒抽一口氣，下意識的往後踉蹌。

「妳……」小茜完全呆愣，面對著她的四面佛，是冷笑中的黃佩瑜。

下一秒，四面佛的頭喀啦的自動轉動，轉動了一面，又是王小二的臉。

「佩瑜！我告訴妳，都是她！是小茜嫉妒妳，她恨死妳了！」他咆哮著，「她在日記裡說妳是不要臉的人，沒什麼能力，只會做表面功夫，還搶她的功勞！」

我後退著，盡可能動作不要太大，那自火爐翻滾下來的小鬼正踉踉蹌蹌的往斜對角的王小二身體走去，那具乾嬰屍正被三個小鬼壓住，他們互相用指甲在對方的身上刨出傷口，嘶吼著。

四面佛的頭再轉了一面，那是黃佩瑜。

「有我在，妳別想傷害我的組員！妳別以為我會放過妳！」黃佩瑜冷笑著，另一面的她，剛好面對著爬行的火焰小鬼。「妳，給我站住！」

渾身著火的小鬼錯愕的看著她，不知道是不是真的不能動，但就定在那兒；我聽米粒低聲的叫我跑，所以我飛快的繞過半個四面佛，徒手抓住了那隻小鬼。

好燙！那火燒得我雙手燙死了，小茜向左轉了過來，狐疑的瞪著我，然後我把著火的小鬼往她身上扔了過去。

「哈哈哈！那是妳養的小鬼不是嗎？」四面佛上兩個王小二的頭在狂笑著，「把媽媽的血吸乾吧！妳就不會那麼醜嘍！哈哈哈！」

小鬼抱住了小茜，火焰倏地竄燒起來。

因為小茜身上沾滿了珍貴的嬰屍油，不管是什麼提煉而成的，油就是油，就是最佳的助燃物，而且以迅雷不及掩耳之姿，燃燒了小茜全身上下。

她沒有舌頭，說不出話來，只能痛苦的扭動、尖叫，我聽見四面佛上有一男一女重疊的笑聲。

「撲向安！小茜！快！」王小二突然大吼起來，「把這些瞧不起我們的人都殺掉！我們才不懦弱對吧！我們很威的！很威的……」

小茜淒厲的慘叫聲不絕於耳，她真的踉蹌的往我跑來，不知何時清醒過來的彤大姐自角落爬起來，血從她額際流下，但是她卻直直的走向燃著火的小茜。

她隨手拿起裝著花的籃子，以它為械將小茜推倒，直接推到了擁有王小二的臉孔的那面四面佛身上。

他似乎也會感到燙，小茜整個人就趴在四面佛身上，她的叫聲漸漸停了，只剩火焰在竄燒。

「這樣就很威嗎？」彤大姐重心不穩的拉過我，「懦夫。」

我們根本站都站不穩，直接摔在地上，米粒的右手無法動彈，也不夠力量扶住我們兩人。

外頭信徒在尖叫，他們最崇敬的佛像著火了，所以他們衝了過來，拿水把小茜身上的火澆熄，把四面佛身上的火澆熄。

四面佛身上有兩處焦黑，一具燒燬的焦屍滾落在地，被信徒嫌惡的踢到了一邊；我終於有空看彤大姐臉上的刀痕，她倒是泰然，說這樣比較有個性美。

再抬頭時，黃佩瑜的臉不見了，取而代之的是原來的四面佛臉孔。

而它，突然睜開了雙眼，定定的望著我。

「是時候了。」我喃喃說著，我知道……因為小茜死了、王小二也不能再利用雕像活動，剩下的小鬼們被乾屍扭斷頸子，雖然他們還是能再復甦，但是當詭異的四面佛甦醒時，他們都畏懼的跪在地上。

那具乾嬰屍卻沒有，他望著自己被利甲劃得千瘡百孔的身體，逕自蹣跚的走到原本盛裝他的木盒裡。

謝謝你。

我越過中間的四面佛神像看著他，在心裡默默的跟他道謝；雖然我不知道他為什麼要幫我們，但是真的多虧有他。

乾嬰屍彷彿聽見了我的聲音似的，他停了下來，看了我一眼。

只有幾秒，他走到木盒邊，打開來，自己躺了進去。

屍人走了過來，他們把我架住，有人拿了一把大刀候著，彤大姐想要動手，是我叫他們別輕舉妄動的；這是我跟四面佛許的願望，我得把承諾完成，我是個文案編輯，我只要有手就可以打字，失去一隻左腿，算不了什麼。

只要我們幾個可以平安的回去，恢復正常的生活，一隻左腿真的算不了什麼。

米粒箍住衝動派的彤大姐，她不停的尖吼著，扭動著想過來阻止這群屍人與僧侶，信徒們的誦經聲越來越大，這似乎是個「神聖」的儀式。

是啊，我好歹算是獻祭者吧？

「妳不會失去腳的。」

在我緊閉上雙眼、等待刀子落下的同時，我聽見身後的米粒這麼說。

就在那一剎那，大刀落上我的左腿，發出鏗鏘聲，瞬間斷裂開來！

斷裂的刀子彈了出去，插進一具屍人的臉裡。

我睜開雙眼，連我都聽見那鏗鏘的聲音，我必須聲明，我可不是什麼變形金剛，我身體全身上下每一寸都是血肉之軀啊！

『欺騙者！』震怒的話語，來自盛怒且面孔扭曲的四面佛。

陰風慘慘，恐懼的氣息自四面八方湧至，四面佛合十的雙手突然伸了出來，直接往我的頭壓了下來。

我忘記應該尖叫，腦袋裡是一片徹頭徹尾的空白。

很遠的地方，有紛至沓來的腳步聲，我瞧見了似晨曦般的日出光芒，從東方而來。

嗷嗷嘈雜的哀號與慘叫聲此起彼落，那些再可愛的小鬼、再噁心的行屍走肉，全數都在原地痛苦的掙扎著，並且融解著……他們伸長了手，朝著他們崇敬的四面佛，手卻越來越短，直到他們化成一灘泥水，而泥水最終沒入了地板。

而地面那具焦屍，化為煙塵，逐漸消散在空氣當中。

我失去了氣力，癱軟了身子躺在地上，看著原本想把我的頭壓爆的四面佛恐慌的扭曲；金色的光芒越來越強烈，強烈到我看不見四面佛的上半身，只能覺得刺眼的遮住雙眼。

「安。」有人從後面把我拖了走，「妳看。」

我躺在米粒身上，虛弱的往巷子口看，那兒有一群人，抬著一尊小小的四面佛，朝我們走來。

第一個衝到我們身邊的，是克里斯。

尾聲

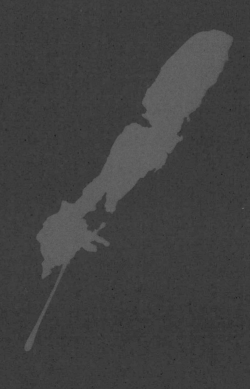

我們被送到了那棟白色的洋房裡，我第一次見到克里斯的地方，客廳裡圍了一堆人，那兒有白色柔軟的沙發，但是我們卻被送到了地下室。

地下室是神壇，煙霧瀰漫，有許多像巫師的人在那兒等候。

克里斯說那是真正的巫師，在泰國非常罕見，是切切實實具有能力的人，他們平時跟普通人一樣生活，不輕易展現自己的力量。

我被一群女人送進小房間裡，那兒有一池冰水，上面有許多蓮花。我被下令泡在裡面一個小時。在裡面時，我只聽見外面彤大姐喊痛的聲音，以及米粒的低語。

泡過那池冰水後，我的身子舒服很多，他們讓我穿上紗籠，送我回到壇前，巫師用他們的力量，像是為我作法一樣。

我聽不懂他們的語言，我也不知道他們在幹嘛，但是那感覺很舒服，有點飄飄然的舒暢；我相信克里斯，他們供奉的那尊小四面佛非常的神聖，所以應該不會對我下降頭。

作法完畢，我被送回客廳，彤大姐跟米粒已經在那兒坐定；米粒的右手腕裹了厚厚的紗布，彤大姐的左臉頰也敷了藥，正喝著他們準備的熱茶。

克里斯走了過來，小小的 Wan 站在角落。

他們用簡單的英語跟我們解釋，我們遇到的那尊四面佛是邪惡的偽裝者，泰國有太多詭異的宗教與邪惡的神，但因為這是宗教國家，所以這種趁虛而入的邪神非常容易立足。

真正神聖偉大的四面佛，是不可能用血腥的方式回應信徒祈願。

凌晨三點時，有會華語的人來了，他們和善的跟我們聊天，告訴我們一切都已經處理好了。

我們誰都沒有去那詭異的邪廟，我們一整晚都在這棟屋子裡參觀、聊天，小茜從昨天下午就沒有再出現過，至於王小二的屍體，他們必須火化才能淨化一切。

那裡的信徒陷入沉睡，明天甦醒時，他們會忘記被迷惑的一切。

至於那尊四面佛像，除了身上幾處焦黑外，一切完好如初，由於曾被邪惡的魔神附體，所以不能夠輕率處理，他們會找地方妥善的安置佛像，或許會放到玉佛寺，讓玉佛鎮壓住它。

假以時日，感化成功後，這尊佛像一旦具有靈性，一樣可以重見天日，讓人祭拜。

至於乾嬰屍，他彷彿有預知能力似的，早先躲進了寫滿經文的木盒裡，所以並沒有被四面佛的聖光傷害；僧侶說這是很強的乾屍，來自一個早夭的嬰孩，幾經超渡也無法轉生，甚至托夢要求生父生母為他供養，不高興就引火焚燒了父母的房子，或是使他們的工作場所發生意外。

這讓父母嚇得趕緊找寺廟供養他，所以嬰孩被做成乾屍，在佛祖的眼皮子底下度過年年月月，原本藏匿在一個隱密的地方，去年卻被寺廟裡的僧侶盜走。

原本只是容器的乾屍，卻還保有原本的靈魂，所以不必等任何小鬼入住，他也能有自主意識，這便是那具乾嬰屍之所以珍貴的主因。

我們太過疲累了，忍不住在白色的屋子裡沉沉睡去，一直到隔天過午後，才被送回旅館；這件事後來鬧得很大，原本在追查小周死因的警方，經我們反映小茜跟王小二失蹤後，再度忙碌起來，又上了國際新聞。

我們四天三夜的旅遊增為十數天，終於得以回國，報紙上還在刊登失蹤旅客的消息，但是我們都知道，小茜跟王小二是再也找不回來了。

彤大姐哭了好幾天，米粒也曾為這一連串事件紅了眼眶，唯獨我，好像一滴淚都流不下來似的。

「你為什麼知道我的腳不會被砍斷？」在機上時，我忍不住問了米粒。

「因為我那天也對四面佛許了願。」他喝著可樂，有點得意的笑。

「咦？你也……」啊啊！彤大姐跟米粒都在短短的時間內對那尊神聖的大四面佛許過願，所以降頭才會破除，小茜對米粒下的愛情降頭也一同失去了效力！

米粒還笑吟吟的透露，其實那天他不是刻意沒跟上我們的，而是一看到神聖的四面佛後，就什麼都不記得了，連怎麼走回旅館都不知道；他轉醒時，是聽見我打去的電話聲，才驚醒過來。

「你許了什麼願？」

米粒笑了起來，那眼神柔和得讓我有點心動。「我希望這趟旅行中，我莫一立、葛宇彤及安蔚甯可以毫髮無傷。」

坐在另一邊的彤大姐睜圓雙眼，她咬著唇，一臉恍然大悟的模樣。

「就是這樣，所以不管說要砍幾條腿，都不可能成功？」彤大姐用力一握拳，「靠，真聰明！」

「基本上我也只有兩條腿。」我沒好氣的白了她一眼，「不過就是這樣，那個邪惡的四面佛才會氣得半死。」

「我也有功勞吧，我有許願希望大家都會平安啊！」彤大姐鼓起腮幫子，看著她那貼紗布的臉，我有點心痛。「可是好那個喔，為什麼我還是有受傷？妳的腳卻變成超合金！」

如此美豔的彤大姐，一旦臉上留下了長達五公分的傷疤，未來不知道如何自處？

「謝謝你們。」我由衷的感謝，沒有對神明祈求的我，竟然能受到同事的庇蔭。「結果我竟然沒為你們做些什麼，還讓你們為我許願。」

「誰說沒有？」彤大姐勾住了我的手腕，指了指左腿。「妳差點就要坐輪椅回國了。」

「問題是我沒有啊！」

「妳在跟壞四面佛交換條件時，又不知道米粒有許願！」彤大姐嫣然一笑，「妳不如妳想像中的冷漠啦，我欠妳一條……半條左腿好了！」

我笑得靦腆，是啊，我並不知道米粒許了什麼願，但不管重來幾次，我還是願意犧牲一條左腿，換回我們三個人的自由。

其實如果可以，我想用另一隻腳，換得我缺乏的情感。

我想有激烈些的情緒，我希望跟彤大姐一樣，為小茜跟王小二痛哭失聲，我想要感受到痛心疾首的悲哀、我也想半夜對著他們的照片大罵。

「沒事的。」米粒突然摟過了我，「別想太多，已經沒事了。」

我們臨行前還是去了一趟玉佛寺，坐在玉佛前一個多小時，那裡是個很特別的地方，只消坐著，就能覺得思緒清明；有僧侶彷彿知道我們是誰似的，在外庭叫住了我們，請我們去一間小小的佛堂。

那裡頭放著那尊有些焦黑的四面佛像，看起來很祥和，並沒有邪惡的氣息；唯一詭異的，是那四張臉中，有兩張是王小二的臉孔。

我不覺莞爾，等到佛像完全被淨化後，祂或許會被拿出去供人祭拜，屆時王小二就真的如他所願，成了一尊佛像，一個受人尊敬的人。

在機場時克里斯前來送機，他給了我一張紙條，說是巫師給我的，但必須離開泰國之後才能打開。

我通關前問候了小小的Wan，那夜他力量太弱，一下就被邪惡的四面佛揮打出去，但是他認得路，於是他跑回克里斯身邊，通報我們的所在。

小小的Wan，是克里斯的親生兒子，不願離開父母的他，也選擇成為小鬼。

「其實我有點想哭。」我輕聲的對米粒說，「我覺得心臟好緊，像有人掐著一樣……鼻子也很酸，這種感覺以前沒有過。」

「那就哭吧。」他輕聲說著，摟得我更緊，讓我能偎進他的懷裡。

淚水因為他的話語而落了下來，越落越多，我終於無法克制的嚎啕大哭，緊抓著米粒的衣服，埋在他胸膛前歷經了我生平第一次的激烈哭泣。

哭到甚至於嚇壞了旅客、嚇壞了空姐，不過最目瞪口呆的，是彤大姐。

抵達台北時，來接機的人除了同事、記者還有警方，我們被護送上了車子，可能得到警察局再來一輪詢問。

坐在警車上時，我終於拿出了那張字條。

『妳找回了哀傷。』

歪歪斜斜的中文，引發了我下一波的淚水。

這趟員工旅遊，我失去了三個同事、重新見到了我的家人，也找回了我的哀傷。

※　※　※

2009.03.27　Fri.　溫暖的晴天

今天接到電話，對方說面試通過，我下星期就能去上班了。

離開之前那間公司是不得已的，一間七人小組的辦公室裡，一時只剩下我、米粒跟形大姐，感覺空蕩蕩的，很難讓人不想起過去的時光；很愛出風頭的黃佩瑜、畏畏縮縮的王小二、敢怒不敢言的小茜，還有最常開黃腔的小周。

王小二跟小茜仍在失蹤人口之列，小周的遺體隨後被運回台灣，已經火化；事情發生至今轉眼半年，這則新聞已經被淡忘了。

誠如巫師說的，我已經學會了哀傷，回台後幾乎沒辦法上班，我只要看見曾經屬於同事的座位就會悲從中來，我甚至去掃墓也會痛哭失聲，這種激烈的悲傷從未有過，差點讓我哭瞎了雙眼。

但是我不後悔，我不知道為什麼能重新擁有跟常人一樣極端的情緒，可是我好高興……我這樣形容很不恰當，因為我不懂得什麼叫做「非常高興」。

但我是高興的，這點可以確定。

另一件很高興的事，是米粒也錄取了，他跟著我一起應徵這間出版社，我不否認我們之間有點曖昧，沉穩的他也不怎麼表示，但我哭得亂七八糟的這段日子，只有他陪著我。

彤大姐是最早離職的，憑她的能力超快就找到新工作，她是哭泣之後很快就能站起來的人，現在過得很好……臉上當然沒有留下任何疤痕，因為米粒許過願，我們會毫髮無傷。

今天下午，我才剛看完電視，有人來按了門鈴。我沒有親人，米粒因模特兒的工作外出了，所以這是不速之客。

兩個陌生人自稱是泰國華僑，他們說是受克里斯所託而來；他們提起克里斯的名字就不會有假，所以我開了門。

他們只恭敬的遞給我一個盒子，說這是克里斯託他們交給我的，那是我遺忘的東西，說完他們就匆匆離去。

我沒有任何遺漏的東西，我做事向來很細心，不可能會遺忘任何東西在泰國。

當我打開紙箱時，我看見了層層黑布……然後是裡面那寫滿經文的木盒。

裡面有一張卡片，上面寫著：「妳驅動了他，他已是屬於妳的小鬼，他不願待在泰國接受供奉，所以必須把他歸還給主人。」

現在木盒就擺在我面前，我沒有要養小鬼的意思、沒餵他吃過鮮血，我也沒有驅動他，是他先看著我的。

然後他現在坐在我桌上，佝僂的身子盤坐著，還托著腮看我寫日記，剛剛告訴我，我之所以在情感上有缺陷，是我自己的選擇，前世的選擇。

他說他知道我的前世，也恭喜我把哀傷的能力找回來。

我當然信他，有一個曬乾的乾嬰屍坐在我桌上跟我說話，我還有什麼不能信的？

他還說，我能找回我的喜怒哀樂，但是都不在台灣，都在別的國度。

意思是說，還得去旅遊就對了。

一次泰國旅遊就發生了這種事，我還敢去旅遊嗎？

呵，事實上敢，我對已發生的事不想去討論太多，我不喜歡去思考已然發生且為時已晚的事。

第三件好事，他說他不需要血的餵養，這真是可喜可賀。

今天真是不錯的一天，三件好事同時降臨，我還多了一個室友。

我想，等一會兒我要開始把泰國那十幾天的日記補上，它們在08年的日記本上空白太久了。

※※※

2008.9.26　Fri.　台北晴天、泰國炎熱

今天我們搭十點的飛機前往泰國，八點就到機場集合了。

統籌一切的是張文茜，她最早到機場等我們，葛宇彤帶著大家的早餐來，我們坐在椅子上吃完才準備托運行李；大家的行李都不多，四天三夜而已，又是熱帶國家，衣著都很輕便。

王承鋒還是一樣不說話，他最近都相當沉悶；周啟明圍在葛宇彤身邊轉，不斷的稱讚她今天穿得很漂亮；莫一立最晚到，常出國的他說出國只需要提前一個小時，所以他晚了一小時才到。

好不容易托運完行李，時間真的差不多了，要出境前張文茜拿出一瓶礦泉水，要我們幫她喝完，不然等一下無法通關；周啟明笑她幹嘛帶水在身上，

明知道不能帶，要她丟掉。

她卻笑笑的說，那是她去跟觀世音菩薩求來的，經過神明保佑的平安水，所以我們每人都喝得一口，這樣這趟旅行就能平平安安。

大家都感念她的心意，分著幫她把水喝完，我跟米粒挑了眉，我們都對她的心意沒興趣，但是我們的口是真的渴了。

後來回想起來，那瓶水，應該就是降頭的開端……

番外・邪惡之人

透過鏡頭望出去，是我最喜歡的世界。

我總愛駐足在街角，讓手上的相機快門響個不停，拍攝著小販的辛勤、路人的笑語，甚至是吵架中的夫妻，每一景都是剎那的永恆。

隻身到泰國旅行，規劃了一個月的時間，就是為了好好走訪這宗教國度。

「你好！你好！」小販用著生澀的中文喊著，朝人們熱情招手。

我忍不住笑了起來，舉起相機拍照，人類的求生意志是很驚人的，為了銷售物品，各國語言都能學得來。

我湊上前，隨便買了幾件小木雕，與小販聊天，也好規劃接下來的行程。

基本上我的行程就是沒有行程，一切隨興所至，到處閒晃，問當地人哪兒值得去，哪兒可以悠哉漫步。

「給女朋友！」小販拿起飾品推銷。

「NONO，我沒有女朋友！」好令人無奈的實情。

小販往我身上瞧了瞧，有點困惑。「你一個人旅行？」

「是，我一個人旅行。」這樣的問題與表情，我已經見怪不怪。

小販只是哦了聲，放下原本推薦的飾品，接著突然越過我，朝著我後方招手，我跟著回頭，有個佝僂的老人家在我斜後方，拄著枴杖一步一步走得艱辛，我便趕忙上前，扶著老人家走到攤前。

周圍充斥著我完全聽不懂的對話，泰語吱喳來回，小販與老人家八成是在談論我吧？

「特別的，地方。」小販用簡單的英語說著，「吃飯，他們家。」

「啊？」我有點錯愕，但覺得好像摸清了他們的說法。「去他們家吃飯嗎？」

「對對！吃飯……慶典？」小販說著不熟練的單字，但確實使用了 Festival 這個字。

慶典！我雙眼亮了起來，當地的什麼慶典嗎？

「可以說清楚一點嗎？怎麼樣的慶典？」

小販又轉頭朝老人家說了幾句，似乎在商量細節，反正我一個字都聽不懂，只能呆站在攤子前，看著小販離開片刻，終於找來一個英語較為流利的少女。

「住到他們家去，後天晚上一起去參加慶典，一個晚上收你一千就好……」少女頓了一頓，「睡地板，沒有床！早餐跟晚餐。」

「好！好！」我不假思索的連連點頭，這是最能貼近當地人生活的方式，豈有不接受的道理！

「OKOK！」小販即刻跟我交換通訊方式，約定時間，明天再過來即可。

但是有一個條件，就是不能拍照。

「不能拍照？」我傻了，「可是我就是想要……」

「這個是不能公開的！秘密。」少女強硬的說，「不能拍照不能錄影，只能用眼睛看！」

我猶豫了，緊握著胸前的相機，我如此熱愛攝影，便是想把每一刻都留下，難得有機會能參加當地人的慶典，卻不允許拍照，這也太令人難受了吧？

可是如果不答應，那麼我連貼近當地人的生活與慶典的機會都沒有了啊。

掙扎再三，我最終點了頭，不想錯過這樣難得的機會。

不帶相機，手機亦全程不能拿出，但想想那個少女說得很對，我有眼睛啊，還有什麼能比記憶更美好呢？

回到飯店，我迫不及待的更改行程，我得離開一個晚上，後天晚上再續住，飯店很客氣也迅速的替我解決住宿問題，並且會為我保管大件行李。

我壓制了我的興奮之情，沒有在任何社群留下這個好消息的訊息，打算等一切結束後，再來好好分享所見所聞。

「嘿！」

晚上在飯店附近的小餐館吃完飯，步行回旅館的路上，似乎聽見有人在叫喚，我疑惑的循著聲音朝右望去，那是條昏暗的巷子。

「你要去哪裡？」帶著腔調的英文傳出來，聲音有點稚嫩。

「……」我沒有回應，也不知道對方想做什麼。

小男孩走出了巷子裡，我抱持警戒狀態，那是個不過才八、九歲的孩子，不知道是否因為燈光的關係，雙眼看起來格外明亮。

「嗨。」他只是這樣招呼了一聲，因為看見他的赤腳，我有點於心不忍。「你餓了嗎？」

試著掏錢，記得剛剛店家才找了零錢，我拿出一整張直接遞給小男孩。

小男孩也沒拒絕，直接收下。

「你最好待在旅館裡。」男孩走向我，「哪裡都不要去。」

我有點錯愕，「我現在正要回去啊。」

「我是說，從現在開始，一直到三天後，都不要離開旅館。」男孩跟在我身邊一起往前走，「哪裡都不要去。」

「為什麼？」我狐疑的打量小男孩。

「因為你已經被做記號了！」男孩雙手背向後，腰部向後彎，煞有其事的朝我的背部瞥了眼，還拍了拍。

這一拍，讓我覺得毛骨悚然。

「什麼……記號？」我遲疑的看著他，該不會是詐騙吧？

「我不能說，說太多我會倒楣的。」小孩聳聳肩，「你就是什麼都不要管，不要出去，有事去找四面佛幫忙！祂會庇護你的！」

「可是我……」我還想說些什麼，男孩卻轉身一溜煙的跑了，喊都喊不住。

「喂！你等等！」

做什麼記號啊？說得人怪不舒服的！

一回到飯店房間，我第一件事就是照鏡子，察看自己的後背有沒有什麼記號，但整個背部看起來都沒什麼異狀，可是「沒異狀」這件事，反而讓我覺得渾身不對勁！

「那個小男孩到底是怎樣？」我坐在床緣，興奮之情瞬間消失，對於明天要去別人家住宿跟參加慶典的事都感到猶疑。

我應該待在飯店裡嗎？但這樣就錯失了一個好機會，如果一切只是那個死小鬼的惡作劇，那豈不是白白讓機會溜走了。

慶典、貼近當地人生活的紀錄，我緊緊握著相機，陷入了前所未有的掙扎。

這夜我輾轉難眠，無力的空調讓人越睡越熱。我在床上翻來覆去怎麼樣就是睡不著，滿腦子都在思考這件事；我都已經辦退房了，如果明早說要續住應該還是會有房間，但萬一沒有的話……望著手機裡的新朋友，小販剛剛還傳訊過來，想跟我約時間，好直接過來載我。

人家都這麼熱情，我究竟在懷疑別人什麼？就因為一個小屁孩？

煩躁的翻了個身，我決定明天行程照舊！正常人都不會放過這千載難逢的機會……吧？

心有罣礙，即使身體再累也難以深眠，我睡得痛苦，總輕易被外頭偶爾經過的車聲驚醒，甚至其他房客的關門聲，即使是輕微到只是敲門聲，都足以讓我醒來；心臟緊縮，神經緊繃，又一陣搖晃，我再度睜眼，厭煩的搥向軟綿綿的床。

這樣子是不是乾脆不要睡好了？這麼差的睡眠品質，不過些許搖晃就會……搖晃？我愣住了——為什麼我的床會搖晃，該不會是地震吧？

我轉著眼珠子逐漸清醒，這張床猛然又是一震！

只有床。

因為我睜眼看著牆上那幅掛畫，紋風不動，這不是地震，而是我的床自己在晃……動？這說起來是很詭異的事，單獨只有床晃動是個什麼樣的奇景？

緊接著，窸窣聲竟自我背後傳來，是有人在低語的聲音！

房間有人！我驚坐而起，什麼都不管不顧的瞬間彈坐起身，左手向後一探，伸手就按亮床頭櫃旁的燈！

啪，燈光一亮，我驚恐的看向自個兒左手邊的床側，一個人都沒有，但是映在牆上的影子卻有兩個，有一個幾乎是用衝的奪門而出……只有影子奪門而出。

我呆坐在床上，一時之間，所有的傳說通通湧進了腦海裡！

「幹！是誰！」我大吼著，以掩飾心裡的不安。

是不是怕亮燈呢？我趕緊下床，把整間房間的燈點了個通亮；我的旅館房間是兩間式的，外面還有個小客廳，再進來才是房間，外頭自然拿來堆東西用，但現在外頭一片漆黑，開關在大門邊，我根本沒有勇氣出去。

剛剛那影子是逃進客廳裡的，我鼓起勇氣跳下床，咬著牙把門關上。最後我連廁所的燈都打開了，房間內所有的燈外加手機的手電筒，在假設那些東西怕光的前提下，希望通亮的房間足以保護我。

要發 FB，卻半途收了手，發這種動態無濟於事，還會讓家人憂心，而且我更怕下面的回應，萬一看到更加令人毛骨悚然的故事怎麼辦？

因為剛剛想搜尋這種異狀該怎麼處理時，也只是看到更多嚇人的故事，搞得我都快嚇出尿了！

「我不知道你是誰，請你離開。」我對著房門板說著。

外頭聲音不斷，細瑣但接連不停，有人在動我的器材、碰我的袋子，更可怕的是有指甲刮過門板的聲音，就在我的房門前。

沙、沙沙……

『開……門……』低沉的聲音傳來，那是極簡單的英文。

沙沙，指甲不停短而急促的摳著門，我瞪著門縫底下，彷彿看到了許多青灰色的腳趾甲。

「走開！」我抓起身上的護身符狂唸，那是我出門在外都會戴著保平安的佛祖，

「南無阿彌陀佛，南無阿彌陀佛，南無阿彌陀佛！」

外面的聲音越來越多，我戰戰兢兢的聽著，簡直像是有一整票人，就待在我房間外面的小客廳聊天！有人刮門有人敲牆，最後甚至有人雙拳搥在我的牆上——咚！

那面牆上的畫瞬間脫離牆壁，叩咚一聲落下了地。

「走開走開！」我驚恐的抱著雙腿，頭埋在雙膝之間，不停的唸著。

『你被做記號了。』

『不要離開旅館！』

小男孩的聲音在腦海裡響起，那個男孩知道！小販那熱情的邀約果真全都是陷阱嗎？他們究竟在我身上動了什麼手腳！

※　※　※

徹夜未眠，好不容易捱到了天亮，眼皮沉重得幾度要闔上，但內心的恐懼讓我無法安心，即使陽光普照，也照不亮我心底的陰暗。

門外是沒了聲音，但誰也不能保證有沒有「人」，看著房門悲從中來，總不會一直要困在房間裡吧？我該怎麼辦？這道門開或不開？

才在想下一步，門鈴竟響起了！我從不知道飯店的門鈴是急促短音的叮叮叮，這聲音響得我發慌，才上午六點多，還未到退房時間啊！

「先生？外國來的先生？」門外是英語，「我兒子昨天說在外頭看到你……你還好嗎？昨天晚上是不是有人來找你？」

咦？我登時抬頭，抓緊手機鼓起勇氣，拉開房門看見昏暗但看似安全的小客廳，緊接著衝到正門去打開了門——因為不該有人會知道昨晚那個小男孩的事！

門外面是個陌生的年輕男子，濃密的落腮鬍，而他身邊，就跟著昨晚那個小男孩。

「哇……哇。」男人打量了我一圈，「您還好吧！」

看見他們宛如看見救星，我差點就要哭出來了！我低下頭，拚命卻無言的搖著頭。

「沒事！沒事的，現在是白天！」男人安慰著我，「我們把窗簾都打開好嗎？讓陽光進來。」

我只有點頭，有氣無力，反而是小男孩活力十足的先一步進房間，唰啦唰啦的將一道道簾子掀開，陽光登時照進了房間，似乎真的有了生氣。

男人自我介紹叫阿庇，他替我泡了杯咖啡，讓我在小客廳的沙發坐下以緩和情緒，接著拿出奇怪的香爐，開始在我房間四周角落行走，彷彿施法一般，或走路或喃喃，此時的我已經顧不得太多，也不想去深刻瞭解，我只希望搞清楚究竟怎麼一回事。

「我是不是應該立刻退房？離開這裡！」我握著馬克杯的手都在抖，「昨晚那些東西……」

「離開沒有用，他們是跟著你，不是因為這間房間或是這個旅館。」阿庇解釋著，手上的小香爐散發著令人心安的香氣。「你昨天接觸的人在你身上做了記號，所以那些東西昨晚就先過來挑選。」

「挑選？」這個詞真莫名其妙。

「你是……大家要看誰要選你吧？」小男孩童語說著我聽不懂的單字。

我拿出手機，請阿庇為我 key 上小孩剛才說的某個單字，阿庇猶豫幾秒，最後還是打出了那令人一看就愣住的單字。

「祭品。」

「祭品？」我不可思議的瞪大眼看著他，「我是祭品？」

「是的，你就是。」阿庇肯定的語氣令我心寒。

「怎麼可能？我只是去買東西，他們邀我去體驗當地人的生活、與他們一起用餐後，便讓我參加今晚的慶典，不是嗎？」

「不不不！」阿庇連說了好幾個NO，「是祭典，不是慶典！」

「你要被獻祭出去，所以他們在挑喜不喜歡你！」男孩環顧了一圈，對著男人說道，「他很受歡迎啊，好多人搶著要他的身體。」

搶我的身體？這句話說得我又是一股寒顫。

「所以是昨天那些……人嗎？什麼邀請我都是藉口，目的是要騙我去——」我仰頭看著站著的阿庇，「讓我當祭品，奪走我的身體又是什麼意思？」

「很可怕的事，你的靈魂會被趕出來，他們就用你的身體！」男孩邊說一邊皺眉，顯得很害怕的樣子。「或是把你切開來賣掉！」

就算小男孩腔調很重，我也聽得懂他在說什麼，切開？販售？

「好了，你不要嚇他。」阿庇拍拍男孩的頭，「先生，我們現在要做的是，趕快把記號消除，你不能是祭品。」

「我本來就不是！」我緊張的拉住阿庇的雙手，「你幫幫我，我真的什麼都不知道，我只是想看看什麼是慶典而已啊！」

「那是祭典，這是他們一貫的伎倆。」阿庇嘆了口氣，我請他坐下。

然後他告訴我泰國神明眾多，總有邪惡的宗教與信徒，進行駭人聽聞的儀式。

「邪惡的力量總是強大，能誘使人們向邪惡的神明許願。願望能成功，但成功的代價不小。」阿庇嘆息，「你是祭品，活人鮮血，我想是有人許了宏大的願望。」

我抱著頭，一點都不想知道。「為什麼是我？」

「因為你是落單的觀光客啊，這裡不像其他國家處處有監視器，只要誘騙你去某個地方，小巷小村小鎮，一轉身你就消失了；信徒們都很團結，就算有人失蹤，所有人都會否認見過，連找屍體都有困難。」阿庇用平淡的語氣，說著驚世駭俗的話，聽得我冷汗直冒。

「所以……我該怎麼辦？」聲音發顫，我已然六神無主。

阿庇搓著雙手，與小男孩對望，他們用自己的語言在嚴肅的討論，但隨著阿庇眉頭皺得越緊，我的心也越沉重。

「你必須尋求庇護。」阿庇語重心長，「他們在你身上下的降頭很重，普通方式無法解決，你得去找四面佛求救。」

「四面佛……只要去祈禱嗎？還是——」

阿庇面有難色的看著我，搖了搖頭。

「這一點都不簡單，你得花……」

「花多少錢我都願意，我不想被當成祭品啊！」

「不是錢的問題，是危險。」阿庇緊皺著眉頭，「你必須要有強大的信心，而且——」

「不要管危險與否了，我只想快點結束這一切，晚上不要有可怕的東西來找我！」我激動的喊著，情緒簡直幾近崩潰。

男孩跑了過來，天真的握住我的手，像是給予我溫暖。

我忍不住滑下淚水，瞥向了身邊的阿庇。

他很為難，但最終仍是點了頭。

※　※　※

鮮花、水果，處處是繽紛的花籃，信徒絡繹不絕，來自世界各國，均因為四面佛相當靈驗，據說凡許願者幾乎都會成真，但也必須還願。

我虔誠的祈求，獻上了供品，然後一如觀光客般，進入了寺廟參觀。

這裡不是曼谷街頭熱鬧非凡的四面佛，而是街角巷弄間一間樸實寺廟，看得出寺廟頗有歷史，沒有過多奢華的裝飾，但信眾依然很多，花圈供品滿佈；我帶著相機拍照，必須裝作一個正常的觀光客，伺機而動。

阿庇說，我的情況，需要特別的東西，一般的供品是無效的，願望與供品的價值必須成正比，而這間寺廟裡，有我需要的珍貴物品。

不僅可以守護我，也能讓四面佛滿意。

寺廟不大，但還是分了許多區塊，我在廟裡聆聽佛音，四處拍照，實際上注意的是某個角落後的房間，上面寫著閒人禁入，只有僧侶可進出，我握有地圖與阿庇的講解；趁無人注意時閃身進入，便會看見前往地下室的階梯，一路衝到最下層，直抵最後一間，虔誠膜拜後，把上頭的東西拿出來。

我可以放進背包，佯裝無事，若是被人發現只要裝傻就好，最好連英文都要裝聽不懂。

我對著眼前雕飾拍了兩張照，確定了牆後無人，咬牙就鑽了進去。

這麼厲害的法器，戒備卻一點都不森嚴，我一路奔向長廊盡頭，如入無人之境；阿庇說過，唯一會阻止的怕是只有神明本尊，因為很少人知道這樣法器供奉在這兒，越少人嚴加看守，才越能避開嫌疑。

他們因為都是虔誠者，才會知道這間寺廟具有力量。

長廊盡頭沒有看見任何神像，僅供奉一只木盒，我不敢任意開啟，按照阿庇所言先塞進背包再說；虔誠的再三拜託，我只是無辜觀光客，待我解了降頭，一定歸還物品，並添十倍的香油錢。

「拿到了？」在外頭的轉角，阿庇緊張的看著奔回的我。

我緊張到手心冒汗，上氣不接下氣。「拿到了！沒有遇到什麼人，我一路衝出來的！」

阿庇眼眶瞬間泛淚，欣慰不已。「太好了！太好了……」

他伸出手想要拿那個木盒，我卻遲疑的拉著背包。「在這裡？會不會太顯眼？」

只見阿庇激動的絞著雙手，「抱歉，我只是太激動了，很想快點拜見！」

我也很激動，但我覺得我跟阿庇的想法是不同的。

我提議先離開這一帶，這裡離寺廟還是太近，我很怕寺廟的僧侶突然發現木盒被偷，屆時我們插翅難飛。

阿庇這才回神，趕緊拉著我朝大街走去。

「接下來該怎麼做？」我焦急的問。

「你放心，東西拿到就好辦了，會有僧侶處理這件事。」阿庇用力搭著我的肩，「木盒裡的東西，能解決所有問題！」

到底什麼東西這麼神？我有點後悔剛剛沒先打開看了。

「使用完後，我想還給寺廟。」我不是詢問，只是告知。

阿庇沒有立即回答我，他若有所思的看著我，最終點了點頭，

「我想應該可以，但是還回去的話……」

「我會偷偷還。」既然可以這樣輕易取出，歸還應該也能有辦法。

我不是自找麻煩，而是麻煩自來，為了脫困我才不得已偷竊，我並不想為此吃牢飯。

走到某個轉角，角落的嘟嘟車彷彿等了很久似的，一看到車阿庇即刻跳上，我原本遲疑，但看見嘟嘟車後面探出男孩的身影，稍稍放了心。

「你朋友？」我還是問了。

「嗯，先讓他們在這裡等我們，我們要去僧侶那邊。」先上車的他朝我伸手，將我拉上車去。

坐在顛簸的嘟嘟車上，車子穿過小巷小路，我看見了非觀光風貌的純樸一面，忍不住拿起手上的相機拍照，這體驗倒也深刻；車子九彎十八拐，顛了半小時，似是來到郊外，最後總算在一間盛大的廟前停下。

所有信眾都非常虔誠的對著我行禮……或者說對著我背包裡的東西，他們沒有直接引我去正殿，而是到一旁的房間去，沐浴淨身，整間廟裡都燃著香，聞起來令人舒心。

阿庇讓我等候，要我靜心，可以在廟裡閒晃，我突然覺得這是否失之東隅收之桑榆？差點被邪惡的人誘騙成為祭品，全是因為我想要近距離接觸當地生活，現在逃過一劫，在這裡也算是另一種體驗啊！

誰能在廟裡沉靜漫步？誰能沐浴在這檀香之中？

幾個女人似乎負責我的大小事宜，阿庇讓我有事都找她們，他則去聯繫相關事宜，白天信眾甚多，所以替我解降頭必須等到晚上，而且要很慎重。

聽見晚上我就有些心慌，但是阿庇再三保證我們在廟裡，那些東西是不可能越過四面佛進來侵擾我們，我才勉強安心。

我沒看過解降頭的儀式，這讓我習慣性檢查了電池，希望相機的電還夠用。

「不可以拍。」男孩義正詞嚴的對著我搖頭，「會生氣！」

「我不是對著神拍。」我拿出腳架解釋，「我就放在角落，用錄的可以嗎？」

「不行不行！」不等男孩回答，那幾個照顧我的女人們也搖頭擺手。「NONONO！」

「神聖的！」男孩雙手合十，示意要我虔誠。

好好好！我只能放棄，看來我光是把腳架搬出去，就會遭到排山倒海的反對吧？我默默從行李袋裡拿出一副眼鏡，這時候就得出動秘密武器了。

「林。」阿庇從外頭步入，「要準備開始了，麻煩你帶著那個。」

那個。

我自背包裡取出木盒，盡可能恭敬的雙手捧著，一拿出來女人們即刻倒抽一口氣，甚至有人跪了下來。

這到底是什麼寶貝？這場景讓我更加謹慎，連阿庇也都低垂著頭，恭敬的迎我出去。

走出房間，外頭走廊上已有僧侶等候，他們一路將我引領到寺廟後方的廣場上，廣場四周處處火把，火光照亮夜幕，僧侶信眾都在方形廣場的外圍，而廣場最前端，便是一尊四面佛的雕像。

我有些茫然，捧著木盒不安的環顧，不知道接下來要做什麼？四面佛前有一位長者，穿著普通，朝我雙手合十的行了禮。

「嗯……」我停下腳步等待下一個指示。

終於阿庇從人群中匆匆走來。

「你怎麼停下了？」

「我不知道我要幹嘛啊！」

「你要向四面佛祈求，要給予祭品啊！」阿庇指著木盒，「你忘了嗎？就是這個啊！」

「啊啊啊！對對！」我真是一時傻了，「所以我要放到哪裡？」

「你往前走就知道了！」阿庇居然沒跟我說清楚，講完人就跑了。

什麼我等等就知道了，SOP 總該講清楚吧？

話雖如此，這儀式非常隆重，幾十雙眼睛盯著，我得繼續。

虔誠、誠心，人真的很奇妙，平時或許什麼都不信，性命攸關時就什麼都信了，說穿了，也只是為了自身利益啊！

一步步上前，我看著四面佛那慈祥的面容，真心祈求，為我解除降頭，化險為夷。

高舉起盒子，恭敬彎腰，雙手過頭的擱在了四面佛的雕像上頭……本應如此，但奇怪的是，都還沒放上盤坐的金身，就有人接過木盒了！

我第一時間，想到的自然是一旁的老者！

抬頭看去，老者都已經跪下來膜拜了，哪有騰出的手？錯愕的我正首，不敢相信親眼所見。

木盒，是四面佛親手接的。

那尊雕像彷彿活了過來，伸出手親自接過我獻上的木盒。

『很好，很好。』意外的，我聽得懂祂說的話。

下一秒，祂的頭迅速轉動，換到下一張臉。『終於啊……好不容易才拿到手！』

咖啦，又換成下一張臉，這位打開了木盒卡榫，開啟了木盒。

我整個人都傻了，呆站在四面佛前，看著木盒開啟，一起看著盒子裡到底是什麼……

那是尊木乃伊化的嬰兒乾屍！他的皮膚失去了所有水分，呈現鐵灰色，臉龐密佈著如老人般的皺紋。

一股噁心湧上，這是嬰孩的木乃伊嗎？為什麼讓我偷這種東西！

盒子裡的嬰孩蜷縮著，眼皮微微睜開，看著我的眼神極度冰冷。

然後盒子闔上了。

『太好了！我們拿到了！』四面佛像是對眾人宣布一般，『做得很好，你值得得到嘉獎。』

「嘉獎，這是什麼不法勾當嗎？」我慌亂的後退，眼前一切超出了我的認知。

「我只是希望解除我的降頭，那個小販在我身上做記號……阿庇！」

「才不是！」身後驀地一雙小手抵住我步步後退的身體。

我驚訝回頭，是那個小男孩！

「是我在你身上做記號的！」男孩擠出微笑，卻在一瞬間變得猙獰！

他跳撲上來，我完全沒有準備，男孩巴住我的頸子，我甚至下意識伸手抱住他——劇痛自頸間傳來，男孩撕咬下我一塊肉！

當他使勁咬下還甩頭看向我時，他滿臉都是我的鮮血……而他的臉再也不是稚嫩天真，而是鐵灰色，一如木盒裡乾嬰屍的可怕臉龐。

鮮血噴湧，我伸手壓住頸子，感受到似乎頸動脈被咬斷了……男孩跳下我的身體，我腳步踉蹌，沒幾步便倒地了。

男孩不是人……我腦海中想著這驚人事實，模糊的視線看著狂笑中、不停轉動頸子的四面佛……那也不是真正的四面佛嗎？

所以……下降頭的是……阿庇他們……那小販他、他們呢……

※　※　※

地上摔落的眼鏡依舊在錄影，拍攝者奄奄一息的躺在地上，一大群猙獰的小鬼蜂擁而上，狂喜的咬破肚皮，品嚐美味的內臟，鮮血橫流一地，他最終還是成了祭品。

※　※　※

幾個男人匆匆走來，攤位上的小販揪緊一顆心，看著朋友們的臉色，便知曉事情不妙。

「沒有，他沒有再回來！行李還寄放在飯店，本來說只放一天，卻沒有再回來！」男人嚴肅的搖著頭，「已經好幾天了，飯店已經報警。」

「我只怕來不及了！因為那個被人偷走了！」另一個男人亦眉頭緊鎖，「那些人根本連踏進去都不可能，一定得是乾淨者。」

小販心底有數，悲傷的嘆息。「我們不是搶先一步了嗎？一發現他們盯上他就出手了，結果還是……」

少女也在一旁，雙手插在褲袋，旁邊的老者聞言無力的坐下。「又一個啊……」

「他們拿走那個是最糟糕的事吧？」少女上前，「我聽說就是因為有外國人要出價購買那份邪惡力量了！」

「絕對要阻止他們……那種東西不能落到邪惡之輩手上！」小販雙拳緊握。

「那你快點把英文練好吧！克里斯！」少女用力搭上小販的肩頭，「還有Wan，讓他出來幫忙才是最有效的！」

「嗯，絕對不能再有下一次！」

The End

後記

正所謂白駒過隙，《乾嬰屍》出版滿十年了。

查看封面檔的日期，我拿到時正是2009的事，那時也才剛寫靈異沒幾年，誤打誤撞寫了《小美》系列，然後《禁忌》系列才開始，接著由於明日工作室檔期增加可以再寫新的作品，因著我愛玩的緣故，所以想到不如寫國外的故事，這就是《異遊鬼簿》系列的開端。

當時08年剛去過曼谷，因此想到寫下當時住的旅館與樓下的市場，佐以泰國文化的色彩，書寫了這本《乾嬰屍》。

說真的，那時想都沒想過，《異遊鬼簿》系列最後會寫到三部，總共十九本，因為初初設定是一年四本完結而已；不厭其煩的再說一次，我當然知道有作者會斷頭，但有更多時候一部作品的斷頭與否，決定在讀者手上。

大環境的書市不好，沒有讀者支撐，銷量就不好，決定一部作品是否延續下去，幾乎是銷量決定一切；銷量不好出版社就會喊停，而當年的《異遊鬼簿》都是大家支持，才得以繼續寫下去。

數年前與春天出版社重啟合作，也開始了舊書重新出版的歷程，歷經了《小美》與《禁忌》的十二本後，終於來到了《異遊鬼簿》系列的重新出版；在之前的明日工作室也曾重新出版過，不過當時純粹只是改變大小與封面而已，與初版的32開本沒有任何差異，所以在《異遊鬼簿》系列正式重新出版的十年後，我增加了短篇番外，並且以25開本之姿登場，希望三部都能呈現均一。

這幾年來一直有許多人在等待在詢問，終於等到了！這十九本的重出勢必也要數年時間，但總算是開始了。

萬分感謝大家的支持，《異遊鬼簿》系列對我而言有重要地位，以《小美》與《禁忌》系列打底，直到《異遊鬼簿》系列更讓我奠定基楚，得以在這個行業中繼續生存下去，甚至直到這寒如冰霜的書市。

十年重啟，並沒有做潤改，因為想保留原汁原味，這就是《乾嬰屍》，那就是十年前的《異遊鬼簿》。

不過寫番外更感嘆十年時光的科技進步，要寫十年前的場景真困難，那時沒有IG，FB也才剛開始呢！

最後，由衷感謝購買本書的您，購買是對作者最直接的支持，因為您們我才得以寫下去，謝謝。

笭菁

異遊鬼簿

乾嬰屍

等菁作品34

國家圖書館出版品預行編目資料

異遊鬼簿：乾嬰屍 / 等菁作 . --初版 . --臺北市：
春天出版國際, 2019.06
面； 公分
ISBN 978-957-741-210-2 (平裝)

863.57 108008537

ISBN 978-957-741-210-2
Printed in Taiwan

作者 等菁
封面繪圖 Cash
美術設計 三石設計
總編輯 莊宜勳
主編 鍾靈
編輯 黃郁潔

出版者 春天出版國際文化有限公司
地址 台北市信義區信義路四段458號3樓
電話 02-7718-0898
傳真 02-7718-2388
E-mail frank.spring@msa.hinet.net
網址 http://www.bookspring.com.tw
部落格 http://blog.pixnet.net/bookspring
郵政帳號 19705538
戶名 春天出版國際文化有限公司
法律顧問 蕭顯忠律師事務所
出版日期 二〇一九年六月初版
定價 170元

總經銷 楨德圖書事業有限公司
地址 新北市新店區寶興路45巷6弄6號5樓
電話 02-8919-3186
傳真 02-8914-5524

苓菁作品

笭菁作品